卓越小学生
成才训练营

# 培养
# 高情商
### 的 小学生

主编　高长梅　　本册主编　阎纂业

九州出版社
JIUZHOUPRESS｜全国百佳图书出版单位

**图书在版编目（CIP）数据**

培养高情商的小学生 / 高长梅主编 . – 北京：九州出版社，
2010.4（2021.7 重印）

（"读·品·悟"卓越小学生成才训练营）

ISBN 978–7–5108–0403–8

Ⅰ. ①培 ... Ⅱ. ①高 ... Ⅲ. ①儿童文学—故事—作品集—
世界 Ⅳ. ① I18

中国版本图书馆 CIP 数据核字（2010）第 054517 号

## 培养高情商的小学生

| | |
|---|---|
| 作　　者 | 高长梅　主编　阎纂业　本册主编 |
| 出版发行 | 九州出版社 |
| 地　　址 | 北京市西城区阜外大街甲 35 号（100037） |
| 发行电话 | (010)68992190/2/3/5/6 |
| 网　　址 | www.jiuzhoupress.com |
| 电子信箱 | jiuzhou@jiuzhoupress.com |
| 印　　刷 | 北京一鑫印务有限责任公司 |
| 开　　本 | 720 毫米 × 1000 毫米　16 开 |
| 印　　张 | 12 |
| 字　　数 | 180 千字 |
| 版　　次 | 2010 年 6 月第 1 版 |
| 印　　次 | 2021 年 7 月第 3 次印刷 |
| 书　　号 | ISBN 978–7–5108–0403–8 |
| 定　　价 | 36.00 元 |

# 目录

## 第 1 辑　永远不说放弃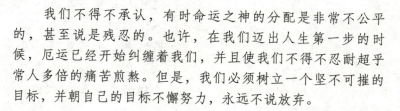

我们不得不承认，有时命运之神的分配是非常不公平的，甚至说是残忍的。也许，在我们迈出人生第一步的时候，厄运已经开始纠缠着我们，并且使我们不得不忍耐超乎常人多倍的痛苦煎熬。但是，我们必须树立一个坚不可摧的目标，并朝自己的目标不懈努力，永远不说放弃。

# 目录

## 第 2 辑　谁拉你走向了平庸

　　我们原本都是优秀的，只不过是我们缺乏自信的内心，我们错误的坚持，我们的懦弱和轻易放弃，一步一步把我们从优秀的高地上拉下来，一直拉到了平庸的位置上。平庸是人生的一场灾难，也是人生的悲剧。只是，更多的时候，是我们自己导演了这场灾难和悲剧。

## 第 3 辑　不画别人的风景

　　世上有千万种花，姿态各异，颜色迥然。正是这些花朵，把自然界装饰得万分美丽。鲜花没有因担心自己与别人的不同而改变自己的个性，人也是一样，每个人都有自己的特征，这就是我们和别人不同的原因。正确地认识自己，努力地做好自己，无论别人的风景有多大的诱惑，坚决不要去画别人的风景。

## 第 **4** 辑　拿出一万个小时来

　　如果想要变成还不错的业余钢琴家，至少需要专注地投入三千小时的训练，如果想要达到专业水准，一万个小时是跑不了的。如此看来，我们学习上的种种小挫折，并非因为没有天赋，而是因为没有持续贡献。要坚持下去，就像跑一个人的马拉松赛一样，最重要的是跑完，而不是前头跑得多快。

# 目录

## 第 5 辑　感恩经营

　　在这个世界上有很多事情是我们自己做不了的，要靠别人的帮助才能够实现，我们要学会感恩。在这个世界有很多人的帮助是我们回报不了的，我们只能够凭借自己的一声"谢谢"和内心的感恩来回报他们。所以，对他人要常怀感恩的心，常怀宽容的心，常怀善良的心，不仅是朋友，还有对手。

# 目录

## 第 6 辑　别预支明天的烦恼

很多人总是为未来担心，为未来烦恼，而实际上担心只会让自己无端地再增添烦恼，而不会减少心理的负担，更不能解决我们的问题。明天的烦恼，明天再说，做好今天就是最大的收获。不要预支明天的烦恼，也许到了明天，那些所谓的烦恼早就无影无踪了。

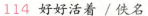

## 第 7 辑　被人相信的幸福

当别人遇到困难的时候，第一时间想到的就是你，你会有怎样的感受呢？是的，人们如果给了你最大的信任，无疑，你是幸福的。这种信赖源于我们平时的一言一行，是长期积累下来的，厚积薄发的体现，这种日益建立起来的信任我们要好好珍惜。

## 目录

## 第 8 辑　做你不喜欢做的事

　　每个人都会期盼着去做自己喜欢的事情，而对不喜欢的避而远之。特别是有很多对我们有好处，而我们却不感兴趣的，如晨跑，开始都是不舍得离开温暖的被窝的，到后来为什么会有那么多人感兴趣了呢？答案就是"克己自律"。只要你坚持一个月，就会让你从厌恶到渴望，再坚持下去就成为你生活中自然而然的习惯了。克己自律，你想做的每件事情都能做得到。

第 1 辑

# 永远不说放弃

　　我们不得不承认，有时命运之神的分配是非常不公平的，甚至说是残忍的。也许，在我们迈出人生第一步的时候，厄运已经开始纠缠着我们，并且使我们不得不忍耐超乎常人多倍的痛苦煎熬。但是，我们必须树立一个坚不可摧的目标，并朝自己的目标不懈努力，永远不说放弃。

# 永 远 不 晚  ◎孙盛起

明年我们增加一岁,不论我们走着还是躺着,有人收获,有人依然空白——差别只在于你是否开始。

日语学习班开学报名时,来了一位老者。

"给孩子报名?"登记小姐问。

"不,自己。"老人回答。

小姐愕然。屋里那些年轻的报名者也愕然,有的嗤笑。

老人解释:"儿子在日本找了个媳妇,他们每次回来,说话叽里咕噜,我听着急,我想听懂他们的话。"

"您今年高寿?"小姐问。

"68。"

"您想听懂他们的话,最少要学两年,可两年以后您都70了!"

老人笑吟吟地反问:"姑娘,你以为我如果不学,两年以后就是66吗?"

事情往往如此:我们总以为开始得太晚,因此放弃,殊不知只要开始,就永不为晚。明年我们增加一岁,不论我们走着还是躺着,有人收获,有人依然空白——差别只在于你是否开始。

老人学与不学,两年以后都是70,差别是:学能让老人开心地和儿媳交谈,不学会使老人依然像木偶一样在旁边呆立。

张琼

选择开始，你永远不会太晚。有的人会选择放弃，他们只会在剩下的时光中空等待空虚；有的人会努力追赶，即使他已经无法赶上别人的步伐。但只要他奋斗过，人生就会留下前进的足迹。

# 成功在于坚守 ◎张小石

我就知道，只要我坚守自己，坚守我的土地，时间越长，我就会越醒目。

20年前，一位农夫继承了祖上传下的几亩地，在城郊种粮食，养家糊口，与乡邻们过着同样清贫的生活。

后来，由于20公里外的地方发现油田，城市的地盘连年扩张。这位农夫所在的城郊出现了条条宽阔大道，一幢幢高楼拔地而起，与乡村的安静和简陋形成鲜明对照。

在这种形势下，城郊的农民们纷纷转让土地，有进城市打工的，有做小买卖的，反正钱也好挣，日子过得比以前富裕多了。但是，这位农夫没有放弃田地，他对妻子说："其他活儿我都不在行，只有种地是我的专长。我希望一直守着它……"

3年过去了，农夫的几亩地渐渐被住宅楼群包围。他的家庭和土地成了楼上人眼中的风景，总是有三五成群的人到他的领地上散步、闲聊。这时的农夫已不种粮食，而改种花卉。

5年后,这位农夫的土地几乎成了都市里的一座私人花园,而农夫也成了一位优秀的园丁。他种植的花卉由于成本低,价钱相对便宜,且运输方便,简直供不应求。他每天都在赚钱。

时至今日,农夫已不再是以前的农夫了,变成本市一家花卉公司的老板,管理着手下60多名员工。虽称不上巨富,但比起当年的所有乡邻,他是唯一获得真正成功的人。

农夫说:我就知道,只要我坚守自己,坚守我的土地,时间越长,我就会越醒目。

**情商点拨**

　　每个人都有自己的成功之路,每条路都有自己成功的特色。不要去盲从别人,适合别人的路不一定适合自己,选好适合自己的路,想办法克服遇到的难题,在坚持中一点点进步,走到最后就能尝到成功的喜悦了。

○陈军

# 向上帝借一只脚　◎张丽钧

　　底特律雄狮队的后卫沃尔凯说得更透彻,他说:"丹普赛并不曾踢中那个球,那个球是上帝踢中的。"

　　丹普赛出生时四肢不全,只有半边右足和一只右臂的残端。稍大一点儿的时候,这孩子竟不可救药地迷恋上了足球!父母忧虑地看着这个可怜的孩子,不知道该如何劝阻他。为了安抚孩子,实现他的梦想,他们为他做了一只木制的假足,以便使他穿上特制的足球鞋。丹普赛付出了数倍于常人的努力,一天天用他的木脚练习踢足球。他不断对自己提出越来越高的要求,让自己在离球门越来越远的地方将球踢进去。他变得极负盛名了,以至新奥尔良的圣哲队雇他为球员。那是圣哲队对底特律雄狮队的一场比赛,当丹普赛用他的跛脚在最后两秒钟内、在离球门 63 码(约 57.6 米)的地方破网时,球迷的欢呼声响遍了美国!这是这支职业足球队当时踢进的最远的一个球。这个漂亮的进球使圣哲队成了骄傲的胜利者。底特律雄狮队的教练施密特说:"我们是被一个奇迹打败的。"底特律雄狮队的后卫沃尔凯说得更透彻,他说:"丹普赛并不曾踢中那个球,那个球是上帝踢中的。"

　　丹普赛成功地向上帝借了一只脚。

　　上帝那里预备了太多的宝物,所有不甘平庸的人都可以去借。

**情商点拨**

　　上天给予的"缺陷"其实是赐给我们的宝物,他是为了看我们会不会去利用它,让这个宝物放出应有的光芒。如果只是感慨上天的不公允,抱怨他给予了自己很多"缺陷",而不去挖掘自己的潜力,不持之以恒地坚持,那么上天给我们的宝物,我们永远发觉不了。

陈军

# 成 功 之 路　⊙刘俊成

> 智者终于开了口，他说："成功就在那个方向。在你摔倒的地方不远处。"

一个急于成功的人在寻找成功的路上遇见一位智者，便向他打听："走哪条路才能够得到成功？"

智者没有说话，只是把手向远处一指。这个人看看智者指引的方向，十分激动，他认为成功近在咫尺，很快便可以得到，于是向着智者所指点的方向大步奔去。不久，路上传来咕咚一声，是那人摔倒的声音。"哎呀！"那人疼得叫了起来。

过了一会儿，这个人满身尘土、一瘸一拐地走了回来。他寻思着自己一定是误解了智者的意思，再次向智者问那个问题，智者依旧把手指向那个方向。

这个人半信半疑，但他还是顺从地沿着这条路走去。很快，路上传出一声咕咚，紧接着又是"哎呀！"一声。

这回他是爬着回来的，衣衫褴褛，浑身血污，一脸愤怒。"我问的是，走哪条路我能够成功？"他向智者咆哮道，"我完全是按照你所指引的方向走，但我所得到的却只有痛苦与受伤！不要再用手指了！用嘴告诉我成功的方向！"

这时，智者终于开了口，他说："成功就在那个方向。在你摔倒的地方不远处。"

很多时候我们都知道成功的路该怎么走，但是往往我们却在成功之前，因为遇到了挫折和苦难，选择了放弃。做什么事情都不要急于求成，焦急的心态只会阻碍你成功。只有不畏挫折一路坚持下去，把痛苦和受伤当做成功的考验，你才能最终和成功相遇。

陈 军

# 坚持的价值  （美）罗伯特·科利尔

均衡的法则总是偏爱那些执著的人，坚持是一个人生命意志的表达。

安详、明亮的月光洒向平静的海面。

但空中突然响起了枪炮的轰鸣，海水咸腥的气息立刻被硝烟的辛辣所中和。折断的桅杆、圆木和风帆的碎片漂得到处都是——四周都是拼命挣扎的人们。

其中一条船上的枪炮突然静了下来——这条船的帆已经没了，桅杆也只剩下了参差的杆子，在水面以下的船体已经裂开。它的船长是不是已经决定投降了？毕竟他能有的选择只是一条沉船和葬身海底，他或许认为该投降了。

另外一条船的船长注意到了这突然的平静。投降了吗？他想着，如果他们已经弃械的话，他们的舰旗应该已经降下来了，但是透过烟雾看不清他们在做什么。因此，他朝对面的船喊了过去：

"你们降旗了吗？"

从那正在碎裂的船上传来了回答，充满了挑战："我还没开始战斗呢！"

那是约翰·保罗·琼斯，美国海军的英雄。他不是要承认失败，而是在想着进攻的新计划。

因为他自己的船正在下沉，他取胜的唯一办法就是登上对方的船，在英国人的船上与之作战！

慢慢地，他把自己那艘已经难以驾驭的船靠近了敌船。刮下了船帆，然后又滑开了。保罗·琼斯的船试了几次要靠牢敌船，但都没有成功。然后，很巧地，他船上的锚钩钩住了对方船上的铁链。抓到敌人了！很快水兵们就熟练地把两条船用绳子紧紧地绑在了一起。

"到他们的船上去，到他们的船上去！"约翰大喊，这些勇敢的美国水兵游到了对方的船上——开始了战斗。

很快，唯一幸存的英舰船长降下了自己的旗帜，而约翰和他英勇的士兵们则成了英舰"萨拉匹斯"号的主人。当他们驾船离开时，他们自己那条无望的船，慢慢地沉没了。

我们中的大多数人远比我们自己所认为的更能够坚持。如果不是因为坚持，约翰很可能已经和他的船一起葬身海底了，或者已被英军抓获，被作为海盗在桅杆上绞死。

我们都很能坚持——但却不能正确地运用这种坚持。在两个人当中，一个聪明，但不甚坚持；另一个只是一般聪明，但却极能坚持。第二个人取得巨大成就的可能性肯定要比第一个大得多——无论是在科学、艺术还是商业领域。均衡的法则总是偏爱那些执著的人，坚持是一个人生命意志的表达。如果最初你没有成功，就用不同的方法再试一次，我们或许可以借助这一力量来排除障碍、取得自由或成功。

陈 军

**情商点拨**

　　只有坚持才能够走到成功的终点,如果到不了,那是因为我们的方法错了。懂得坚持与变通,我们就会在成功的路上畅通无阻。即使是在即将沉没的船上,只要坚持着,也能够看到生命希望的曙光。

# 永抱"胜利"之心　◎简 单

　　波德莱尔说过:"没有一件工作是旷日持久的,除了那件你不敢着手进行的工作。"

　　法国有一名记者叫博迪,年轻的时候,他因一场疾病导致四肢瘫痪。在全身的器官中,唯一能动的只有左眼。可是,他还是决心要把自己在病倒前就构思好的作品完成。

　　博迪只会眨眼,所以就只有通过眨动左眼与助手沟通,逐个字母地向助手背出他的腹稿,然后由助手抄录出来。助手每一次都要按顺序把法语的常用字母读出来,让博迪来选择。当她读到的字母正是文中的字母时,博迪就眨一下眼表示正确。由于博迪是靠记忆来判断词语的,有时不一定准确,他们需要查辞典,所以每天只能录一两页。可以想象两个人的工作是多么的艰难!

　　几个月后,他们历经艰辛终于完成了这部著作。为了写这本书,博迪共眨了20多万次眼。这本不平凡的书有150页,它的名字叫《潜水钟与蝴蝶》。

在这个世界上,很多人之所以没有成功,并不是因为他们缺少智慧,而是因为他们面对事情的艰难失去做下去的勇气。波德莱尔说过:"没有一件工作是旷日持久的,除了那件你不敢着手进行的工作。"一根手指就可以建造一座大桥,一只眼睛就可以出一本书,还有什么是不可能的呢?

**情商点拨**

　　无论做什么事情都可能会遇到困难,但是如果我们不行动,困难就总是在那,那么我们想做的事情也会夭折或者难以实现。困难就像一座山,如果我们像愚公那样,每天挖一些,总会将它移走的。因此,只要抱着必胜之心,努力去解决一点,困难就会少一点,最终我们会达成所愿的。

陈军

# 靠什么抓住幸运 ○王虹莲

　　他说,不是因为我幸运,而是我一直为自己的幸运作着最好的准备。

　　我有一个朋友,他自小喜欢唱京剧,没事的时候就唱几句。他一直坚持着,一直没有放弃。有人笑话他,因为一个男人咿咿呀呀唱的是青衣,而且有婀娜之色,人们便说他不务正业,一个大男人,爱好什么不行,非喜欢什么青衣?

　　可他没有因为人们的议论而改变自己的爱好。大学毕业后,他被分配在一个偏僻的小乡镇,依然没有改变自己的喜好。

那个小乡镇很穷，甚至几个月不发工资，能走的人都走了，他也想离开那里，但他只是个普通农家孩子，没有什么路子，他哪里也不能去。

正巧，中央电视台举办京剧票友大赛，他报了名；他没想要怎么样，只是因为自己喜欢了这么多年，想看看自己的水平到底如何，也想和人家学学，结果他成功了。第一次参赛，他得了最佳票友奖，还得到了京剧票友大赛的金奖。有人说他太幸运了，让他谈感受时，他说，不是因为我幸运，而是我一直为自己的幸运作着最好的准备。

当然，他的工作也调到了一个市级单位，因为那里想要一个大学生，又想要一个搞文艺的人才，上帝便再次青睐于他。因为京剧，他改变了自己的命运；因为京剧，他从一个默默无闻的男孩儿成为全国京剧界的明星。

有人说他太幸运了，也有人说他是送了礼的。可我知道，他只是一个贫家子弟，他一没钱送礼，二是鄙视那种行为。他不认识任何人，只靠自己的嗓子唱出了自己的世界，这样的幸运只是时间早一点晚一点而已。

所以，我常常告诉自己，一定要努力，不放过任何一个机会；只要有机会，那些可能就会转化为幸运。幸运大多数时候就在门外，有时候，你只需要跨出一步就可以看到；但有时候，那个门你永远跨不出去。为了那有可能的一步，我们最好还是要先走到门前；毕竟，离门越来越近的时候，你才有可能跨出去。

**情商点拨**

　　幸运会光临每一个人，但是有些人看见了，有些人没看见；有些人抓住了，有些人却错过了。真正的幸运儿，是那些一直坚持梦想的人。唯有坚持不懈的学习和努力才是改变人生的最强大的力量。

陈军

# 永远不说放弃  ◎矫友田

> 我们必须树立一个坚不可摧的目标,并朝自己的目标不懈努力,永远不说放弃。

有一个小男孩,他一生下来就是一个残疾儿。他的右脚只有一半,而且右手还变形扭曲。然而,他从小就铭记着父母帮他树立起来的信念:"我能够做事,我也会有成就的!"

他酷爱橄榄球运动,为了增强自己的体质,他和其他孩子一样参加了"童子军"。他不顾自己身有残疾,坚持和他们一起参加每天往返10英里的加强训练。经过刻苦训练,他逐渐掌握了打球的技术。

于是,他就申请加入了新奥尔良的职业橄榄球队。教练劝他不要参加,而他坚持要求参加,并满怀信心地对教练说:"相信我,我能行的!"结果,教练只好默许,让他当上了候补射手。开始,球队只不过是让他试一试,待他适应不了球队的激烈竞争之后,会自动退出。但是,人们完全没有料到,他的球艺丝毫不比健康球员逊色,他甚至在50米开外,可以把球踢进门里。因此,教练就安排他在各种表演赛上出场,他越踢越好,竟然一共得了99分。

那是一场关键性的比赛:当时新奥尔良队落后1分,比赛只剩下最后几秒钟,可全体队员还没有过45和72米线。正巧对方犯规,教练毅然换他上场罚任意球;他上场后,一记猛射,球从57米外直飞球门,中了!结果,新奥尔良队以19比17获胜。他就是美国运动史上,颇具传奇色彩的橄榄球队员——汤姆·登普西。

我们不得不承认,有时命运之神的分配是非常不公平的,甚至说是残忍的。也许,在我们迈出人生第一步的时候,厄运已经开始纠缠着我们,并且使我们不得不忍耐超乎常人多倍的痛苦煎熬。但是,我们必须树立一个坚不可摧的目标,并朝自己的目标不懈努力,永远不说放弃。也只有这样,我们才会使自己的人生逐渐变得丰满起来!

**情商点拨**

　　厄运可能会把很多人击垮,甚至没有力气和勇气爬起来。但是还有一些人,会因为"厄运"变得更加坚强,更加勇敢。他们会为了自己的梦想,比其他人付出更多的汗水和坚持。所以,不要为一次考试失败,一次错过梦想而沮丧,只要坚持,就还有下一次的成功。

○ 陈军

## 真差25倍吗　○崔鹤同

　　注意微小的边缘,专心致志,不遗余力,寻求突破,你将挥别失败与痛苦,笑迎成功与欢乐。

在秋天的赛季里,有两匹马,星期天和戈尔,被公认是发挥最出色的。

星期天轻松地获得肯塔基的冠军,戈尔夺得了贝尔盟的桂冠。

而在这两项比赛里,两匹马都取得了一项赛事的冠军,打成了平手。关键在于另一项总决赛,即普力克。

在普力克这场比赛里,这两匹马都奋力向终点冲去,超过其他马有一匹马的身位。电子记录牌显示,星期天获得了胜利,但仅比对手快了一个鼻子那么一丁点儿距离。

在这一单项赛事里,星期天获得了 50 万美元的奖励,再加上总成绩第一的 100 万奖金,总计 150 万美元。

而第二名戈尔——只得到了 6 万美元。

星期天得到的是戈尔的 25 倍,那么星期天真的比戈尔快 25 倍吗?

不可能。完成这 3 项比赛需要 5 个星期的时间,需要跑 4 公里的路程,一匹马只是比其对手快了 2 英寸而已,实际上差别并不大,甚至可以说几乎没有差别,而它们的回报却相差 25 倍!

这就是微小边缘原理在起作用。也许只是多一点点的训练,也许只是多一点点的奋争,也许计划方法只是好那么一点点,也许所有这些因素或者还有其他更多的原因。每一项几乎都是微不足道的,然而把这些加起来,优势和利益将令你难以置信。

其实,人与人之间的差别和精明与否,是通过许多小的步骤产生的,每次只是一小步而已。许多人失败后,就灰心丧气,然后放弃。倘若把注意力先放在小的改变上将会更容易、更高效,并且少受挫折地获取成功。

注意微小的边缘,专心致志,不遗余力,寻求突破,你将挥别失败与痛苦,笑迎成功与欢乐。

 **情商点拨**

成功是日积月累的结果。每一次,只要你比别人多努力一点,多坚持一点,多前进一小步,不放过任何超越别人的机会,坚守到最后,就会发现,我们已经把别人远远地抛在身后了。

陈军

# 天 赐 良 机 　(美)保罗·哈维　高博／译

> 但是太晚了,他们已经被他的才华深深地打动,他的国籍早就不重要了。

1886 年 6 月 25 日,巴西里约热内卢剧院里剑拔弩张。

幕布还没拉开,全场已经一片混乱,跺脚声、叫骂声、口哨声不绝于耳。冲突双方是台下的巴西观众和台上的意大利歌剧团。事态之所以发展到这种地步,还要从头说起。

几天前,这个意大利歌剧团在经理加洛·罗希的带领下来巴西进行巡回演出。为了吸引观众,罗希聘请了巴西著名的音乐家莱奥波尔多·米盖尔做乐队指挥。但除了指挥外,乐队的其他成员都是意大利人。

剧团首场演出的第一个剧目《浮士德》被当地媒体批得一无是处。乐队成员抱怨巴西指挥态度傲慢,才能平庸,导致演出失败;而巴西的米盖尔也不示弱,第二天就在各大报纸上发表公开信说:"那些外国人(指意大利乐手)自满而懒惰,还对我出言不逊。"这位巴西指挥声明从当日起退出巡回演出活动。

当天下午是巡演第二场,剧目是《阿依达》,节目单早已印发,多数巴西人几天前就买好了票。当时,米盖尔在里约热内卢很有威望,听说自己喜爱的指挥愤然辞职,观众把矛头指向了"那些外国人"。意大利人对米盖尔不敬,就是对巴西的蔑视。于是就有了开头那一幕,原本温文尔雅的歌剧迷一反常态,嚷着要退票。

按计划,乐队指挥的位置由指挥助理代替。助理来到舞台前的乐队池。台下传出沙沙的响声,观众都在翻节目单,找关于他的介绍:"助理指挥,森普蒂……"一个意大利人的名字!

还没等森普蒂站稳,观众席上响起了此起彼伏的口哨声。森普蒂气愤地掷下指挥棒,离开了乐池。台下更是群情激奋,气氛更加紧张了。

现在,乐队只好由歌剧团经理罗希来指挥。为了缓解气氛,他小心翼翼地拨开幕布。又是一阵沙沙声,节目单上写着:"经理,罗希。"还是个意大利名字!罗希也被嘘声淹没,灰溜溜地逃回后台。几分钟后,领唱慢慢向指挥台凑近。观众再次翻开节目单:"合唱领唱,文特里。"怎么又是个意大利人?一片跺脚和口哨声中,文特里也被观众轰了下来。

在后台,歌剧演员们在哭泣,经理罗希烦躁地踱着步。如果被迫取消这场演出,消息一传开,整个巡回演出都可能泡汤。为了这次巡演,歌剧团投资非常大。如果失败,剧团将濒临破产,全团人马都有失业的危险。但观众情绪失控,愤怒的火山一触即发,退票似乎是唯一安全的选择。

突然,有人说:"让他试试看,节目单上没印他的名字。而且整场歌剧的曲子他都记得!"那个"他"只有19岁,是坐在乐队后排的一个大提琴手。男孩的位置是如此微不足道,演出前甚至有朋友对他说:"反正你在最后一排,而且只需要合奏时拉几下琴,开个小差没人知道。不如趁机去逛逛里约热内卢夜景。"但出于责任感,男孩没有溜走。现在这位默默无闻的大提琴手被推上了指挥台。观众把注意力集中在这个清瘦的男孩身上。"他是谁?"节目单沙沙地响了半天,但演员介绍里根本没他的名字。"找不到,也许是个巴西人吧?"台下的谩骂声减弱了一些。

忽然,男孩儿在众目睽睽之下挥手合上了面前的乐谱。"什么?他全凭记忆指挥!"观众惊呆了,全场顿时鸦雀无声,随后《阿依达》的前奏在剧场中低沉、缓慢地响起。一个音乐史上的传奇也从此诞生了。

演出结束以后,巴西的观众发现年轻的指挥其实也是个意大利人。但是太晚了,他们已经被他的才华深深地打动,他的国籍早就不重要了。那场歌剧更令整个音乐界轰动,为了听他指挥的歌剧,很多人甚至从其他国家赶往巴西。不知名的大提琴手一炮打响——他就是 20 世纪最伟大的指挥家之一:阿尔图罗·托斯卡尼尼。

**情商点拨**

　　我们总是在不断充实自己,等待机遇。所以,不要离开,当很多事情变得一团糟的时候;不要放弃,当人们都陷入绝望的时候。陷入困境往往是一个机会的开始,只要抓住它,我们耐心的等待和坚持就会有回报。

〔陈军〕

# 成功者的品质在哪里　▷淞曼铃

　　有的时候,成功并不难,难的是我们不能拥有成功者的品质。

　　一位商界女杰因病即将离开人世了,她年轻的女儿成了她公司的唯一继承人。没有任何经营和管理经验的女儿哭得一塌糊涂,她对母亲说:"您的公司可能要毁在我手里了!"母亲听了笑了笑,从枕头下面取出一支崭新的口红,说:"只要你能把它完整地用完,不剩下一点儿,公司就毁不掉!"在女儿不解的神情中,母亲走向了天堂。

事后,女儿开始使用这支口红。从前,她用过许多支口红,总是没有用到最后,就被她不耐烦地扔掉了,又买了新的。她是一个没有耐心的人,她自己知道,母亲更知道。然而这一回,她却听了母亲的话,坚持使用这支口红。渐渐地,能拧出来的红都用完了,只剩下管儿里拧不出来的红。她买来一支口红刷,蘸着管儿里的口红继续使——尽管她感觉麻烦透了。最后,她真的完整地用完了这支口红,没有剩下一点。她举着口红的空管儿,非常欣慰——原来,她也可以有耐心,她也可以坚持把一件事情做到底。忽然,她明白了母亲的用意,母亲是在用琐事培养她成为一个成功者的品质,那就是:耐心和坚持!

后来,她有了自己的女儿。再后来,女儿上了学,女儿知道了外婆和母亲都是了不起的女人。有一天,女儿问母亲:"我怎样才能像外婆和您一样成功呢?"她听了笑了笑,从口袋里取出一块崭新的橡皮,说:"只要你能把它完整地用完,不剩下一点渣渣!"

有的时候,成功并不难,难的是我们不能拥有成功者的品质。那么,成功者的品质在哪里呢?殊不知,生活中每一件琐事,都是我们培养成功者品质的小基地,这个小基地培植出来的品质,可以成就我们的大成功。

**情商点拨**

成功对于一些人而言总是简单,但是对于有的人却比登天还难。这是因为那些成功者从来不会在成功的路上半途而废,他们始终充满耐心和信心,而失败者却在半路上就丢失了信心和进取心。成功就像长跑,不在乎开始谁跑得快,只在于谁能够坚持到终点。

○陈军

# 骆驼的意志 ◎ 暖　心

一只骆驼在驮运货物时居然可以一个月不喝水，一旦找到了水，它可以在 10 分钟内喝下 135 升。

几年前，我和小秦同在效益不太景气的单位谋职。刚参加工作，我们都很拮据，租住狭小的房子，吃便宜的快餐，常常感到前途渺茫。但是为了改变现状，我们从未放弃过努力。

最后，单位垮了。我到了现在的这家企业，而小秦经过深思熟虑，决定南下打工。

如今，我和小秦还经常保持着联系。令人难以置信的是，短短几年间，小秦再不是当年的窘迫模样，成了一家公司的副总，不仅成了家，还有了宽敞的房子，买了私家车。

我问他："这么快就'抖'起来了！想想过去有什么感想啊？"

他只是平静地说："其实那时真的想回农村种地，老老实实地熬一辈子算了。但是就在那时，父亲给我讲了一个关于骆驼的故事，最终使我改变了主意。"

他向我大致重复了他父亲的意思：许多骆驼一生都在缺少水和绿色植物的沙漠里生活，在跋涉中吃各种植物，甚至包括其他动物碰都不碰的荆棘和含盐的灌木。为寻找水和食物，它们不得不进行长时间跋涉。一只骆驼在驮运货物时居然可以一个月不喝水，它会变得又瘦又憔悴。但你绝对想象不到，一旦找到了水，它可以在

10分钟内喝下135升,使它的身体迅速滋润起来,恢复精神抖擞的状态。

小秦最后说:"我就是一只骆驼,在困境中,从未放弃寻找,因此才有了今天。"

 **情商点拨**

当走入困境,无计可施的时候,人们往往哀叹时运不济,最后放弃自己想做的事情。难道这样就可以帮助我们渡过难关吗?当然不能!坚持下去,想尽一切办法,任何困难都会过去的。学习总是在寻找水源和绿洲的骆驼吧!

陈军

第 *2* 辑

# 谁拉你走向了平庸

　　我们原本都是优秀的，只不过是我们缺乏自信的内心，我们错误的坚持，我们的懦弱和轻易放弃，一步一步把我们从优秀的高地上拉下来，一直拉到了平庸的位置上。平庸是人生的一场灾难，也是人生的悲剧。只是，更多的时候，是我们自己导演了这场灾难和悲剧。

# 钻在狼怀里取暖的猴子  陈大超

狼稍有不从,便会遭到猴子的毒打——有只狼的耳朵都被揪裂了。

敢钻在狼怀里取暖的,是武汉野生森林动物园的两只猴子。

2000年9月,武汉野生森林动物园从内蒙古购回一批草原狼,两只小狼一时无处可放,一名饲养员突发奇想,竟将狼崽关进了猴子的大笼子里。狼崽虽然很小,但它毕竟是狼,所以刚开始的时候,它们那尖牙利齿的样子,吓得猴子尖声叫着爬到笼子顶上躲起来。小狼崽长大一点了,可以冲着猴子耍抖狼气了,它们跳起来,却够不着躲在笼顶上的猴子。两只渐渐长大的狼,尽管总在跳,却一直无法用自己尖利的牙齿咬住猴子。

聪明的猴子发现了狼的这个弱点,就开始向狼发起进攻。它们一有机会,就猛地跳下来,对着狼身上咬两口,咬完就纵身一跳,跳到笼顶上躲起来。如此反复,见狼无计可施,猴子的胆子也就壮起来了。它们弄得两只狼觉不敢安心睡,食也不能安心吃,万般无奈,两只狼只好向猴子"俯首称臣"。

从此,游客给的食物,狼休想得到;猴子心情烦躁的时候,就拿狼出气;更有意思的是,到天冷了,猴子还要睡在狼的怀里取暖。狼稍有不从,便会遭到猴子的毒打——有只狼的耳朵都被揪裂了。

从猴子怕狼到狼怕猴子,这其中的"秘密",只在于猴子发现了狼的弱点,并且避开了自己的弱点;狼改不掉自己的弱点,便只好在猴子面前变得跟小绵羊一样逆来顺受,以至于一开始怕它的猴子,竟然敢在天冷的时候钻到它怀里取暖。

许多人,最后之所以败在自己的对手面前,就是因为他们拿自己的弱点没有办法。

 情商点拨

　　我们经常会被别人打败,难道我们真的比别人差?当然不是,上帝对每个人都是公平的。其实对自己不公平的是我们自己,因为很多时候我们是被自己不愿改正的弱点击败的。避开自己的弱势,发现别人的缺点,弱者就可能胜过强者。

# 乌鸦搬家　◎ 袁冬霖

　　如果你不改变你的声音,飞到哪儿都不会受欢迎的。

　　一只乌鸦打算飞往南方,途中遇到一只鸽子,一起停在树上休息。鸽子问乌鸦:"你这么辛苦,要飞到哪去呢?为什么要离开这里呢?"乌鸦叹了口气,愤愤不平地说:"其实我不想离开,可是这里的居民都不喜欢我的叫声,他们看到我就撵我,有些人还用石子打我,所以我想飞到别的地方去。"鸽子好心地说:"别白费力气了。如果你不改变你的声音,飞到哪儿都不会受欢迎的。"

　　有些问题,不是换个地方就能解决的,它会跟随着你,直到你真

正面对它,把它解决掉,只有这样,你才能从根本上解决问题,改变你目前的处境。

情商点拨

每个人都会犯错误,有些同学经常会埋怨受别人影响,或者条件不好。但是遇到同样的事,他们还会继续犯错误。只有一些聪明的同学,他们会主动承担责任,在自己身上找原因,不断地努力学习,改正自己的缺点,再也不在同一个地方跌倒。

尤守金

# 没有人会带你去钓鱼 ○依 明

仅有欲望不足以得胜,我要立刻行动,要自立自强,自己开发属于自己的那一片沃土——潜能。

潜能激励专家魏特利曾经说过这样一句话:在开发潜能时,没有人会带你去钓鱼。

魏特利有幸在年少时,便学会了自立自强。他父亲在二次大战时身在国外,当他9岁时,在圣地亚哥他家附近,有一个陆军制空炮兵团,驻扎的士兵和他成了好友。

魏特利永难忘怀那一天,他回忆道:"那天我的一位士兵朋友说:'星期天早上5点,我带你到船上钓鱼。'我雀跃不已,高兴地回答:'哇哈!我好想去。我甚至从未靠近过一艘船,我总是在桥上、防波堤上或岩石上垂钓。眼看着一艘艘船开往海中,真令人羡慕,我总是梦想,有一天我能在船上钓鱼。噢,太感谢你了!我要告诉

我妈妈,下星期六请你过来吃晚饭。'"

周六晚上我兴奋得和衣上床,为了确保不会迟到,还穿着网球鞋。我在床上无法入眠,幻想着海中的各种鱼在天花板上游来游去。凌晨3点,我爬出卧房窗,准备好渔具箱,另外还带上备用的渔钩及鱼线,将钓竿上的轴上好油,带了两份花生酱和果酱三明治。4点整,我就准备出发了,钓竿、渔具箱、午餐及满腔热情,一切就绪的我坐在我家门外的路边,摸黑等待着我的士兵朋友出现。

"但他失约了。那可能就是我一生中,学会要自立自强的关键时刻。"

"我没有因此对人的真诚产生怀疑或自怜自艾,也没有爬回床上生闷气或懊恼不已,向母亲、兄弟姊妹及朋友诉苦,说那家伙没来,失约了。相反的,我跑到附近汽车、戏院空地上的售货摊,花光我帮人除草所赚的钱,买了那艘上星期在那儿看过、补缀过的单人橡胶救生艇。近午时分,我才将橡皮艇吹满气,我把它顶在头上,里头放着钓鱼的用具,活像个原始狩猎人。我摇着桨,滑入水中,假装我将启动一艘豪华大游轮,航向海洋。我钓到一些鲇鱼,享受了我的三明治,用军用水壶喝了些果汁,这是我一生中最美妙的日子之一。那真是生命中的一大高潮。"

魏特利经常回忆那天的光景,沉思所学到的经验,即使是在9岁那样稚嫩的年纪,他也学到了宝贵的一课:"首先学到的是,只要鱼儿上钩,世上便没有任何值得烦心的事了。而那天下午,鱼儿的确上钩了!其次,士兵朋友教会了我,光有好的意图并不够。士兵朋友要带我去,也想着要带我去,但他并未赴约。"然而对魏特利而言,那天去钓鱼是他最大的愿望。他立即着手制订计划,使愿望成真。魏特利极有可能被失望的情绪所击溃,也极可能只是回家自我安慰:"想去钓鱼,但那阿兵哥没来,这就算了吧!"相反的,他心中有个声音告诉他：仅有欲望不足以得胜，我要立刻行动，要自立自强，自己开发属于自己的那一片沃土——潜能。

梦想的翅膀长在自己身上，要放飞梦想，我们必须自己扇动翅膀。我们不能总寄希望于在别人的帮助下达成梦想，因为没有人会一直让你依赖。大胆地行动起来吧，自己动手的人才有可能摆脱平庸。

○张琼

# 不可能的事 ○佚 名

世间的事非常奇怪，越是人们认为不可能的，做起来越顺当。

世间的事非常奇怪，越是人们认为不可能的，做起来越顺当。第一位发现这个道理的，据说是哥伦布。

1485 年 5 月，哥伦布到西班牙去游说："我从这儿向西也能到达东方，只要你们拿出钱来资助我。"当时，没有一个人阻止他，也没有人相信他，因为当时的人认为，从西班牙向西航行不出 500 海里，就会掉进无尽的深渊。到达富庶的东方，是绝对不可能的。

可是，在他第一次航行成功，第二次又要去的时候，不仅遇到了空前的阻力，而且还有人在大西洋上拦截，并企图暗杀他。原因非常明确，因为沿这条航线绝对能够到达富庶的东方，他再去一回，那儿的黄金、玛瑙、翡翠、玉石、皮毛、香料，就会使他富比王侯，不可一世。

越是人们认为不可能的,做起来越顺当。

越是一般人认为不可能的事,越是有可能做到。这话确实很有道理。大家都认为不可能,必然谁也不去关注,谁也不去设防,谁也不去攻击;再者,不可能实现的事,一般都没有竞争对手,第一个去做的人正好可以乘虚而入。

另外,一般人认为不可能的事,肯定是十分困难、甚至是难以想象的事。因为太难,所以畏难;因为畏难,所以无人问津。不但自己不去,甚至认为别人也不会问津。可以说,世界上真正的大业,都是在别人认为不可能的情况下完成的,在人类一步步从过去走向未来的过程中,看似不可能的事,都将被一一实现。

# 恐惧来自于想象 ○李小李

很多时候,我们不是被自己的能力打败,而是被我们想象中的敌人打败。

现在想来,那实在是一个简单的游戏。在一次心理培训课上,培训师拿着 3 个沙包在讲台上娴熟地抛来抛去,抛出的沙包划出一道美丽的弧线,还没等反应过来,又一只沙包离开了他的掌心……就这样,3个沙包在培训师的面前井然有序地飞舞着,看得人眼花缭乱。

培训师停了下来,向台下的学员发问:"哪位朋友敢告诉我,在今天睡觉之前,就可以学会像我这样抛沙包?"看着培训师手中的沙包,想象着它们刚才飞舞的姿态,学员们只是相视而笑,并无一人举手。

"这简直就是杂技,怎么可能在今晚之前就学会呢?""是啊!我想老师是天天练习才有这样水平的。"大家你一言我一语地议论着。

这时,培训师微笑着打断了大家,他坚定地说:"我敢肯定,每个人只需练上3个小时,都可以学会!"

培训师出乎意料的断言让台下的每个人都大吃一惊,大家似乎在用目光询问着:"这是真的吗?""3个小时就可以学会,不可能吧?"

面对大家的疑惑,培训师说:"很多时候,我们不是被自己的能力打败,而是被我们想象中的敌人打败。我们会把任务想象得过于困难,于是我们学会了退缩;我们会把挫折想象得过于强大,于是我们学会了逃避;我们会把梦想想象得过于遥远,于是我们学会了放弃。我们有必要仔细思考,我们的想象力真的在对自己说实话吗……"

接下来,每个学员都带着将信将疑的心态开始了抛沙包的练习,10分钟过去了,20分钟过去了,练习了一个多小时之后,大家基本上都学会了这项曾被我们认为很难达到的技能,每个人都体验到了超越"不可能"带来的快乐。

**情商点拨**

　　很多时候我们不是被困难打败的，而是被自己想象产生的恐惧打败的。但是，在恐惧之后你有没有想过，你尝试过吗？你真的尽力对待过所谓的难事了吗？这些困难真的无法克服吗？因为想象产生的恐惧让人在梦想之前止步，这是多么可惜啊！面对新事物时，勇敢地去接受吧，不要被自己的想象吓倒。

张琼

# 永 不 言 败

（美）查今　阿华/译

　　挫折不是来打击我们的，是促使我们修正自己的错误，鞭策我们前进的。

　　一位电台广播员在她的 30 年职业生涯中，曾遭辞退 18 次，可是每次事后她都放眼更高处，确立更远大的目标。

　　由于美国大陆的无线电台都认为女性不能吸引听众，没有一家肯雇用她，她就迁到波多黎各去，苦练西班牙语。有一次，一家通讯社拒绝派她到多米尼加共和国采访一次暴乱事件，她便自己凑够旅费飞到那里去，然后把自己的报道出售给电台。

　　1981 年，她遭纽约一家电台辞退，说她跟不上时代，结果失业了一年多。有一天，她向一位国家广播公司电台职员推销她的清谈节目构想。

　　"我相信公司会有兴趣。"那人说，但此人不久就离开了国家广播公司。后来她碰到该电台的另一位职员,再度提出她的构想。此人也夸奖那是个好主意,但是不久也失去了踪影。最后她说服第三位职员雇用她,这人虽然答应了,但提出要她在政治台主持节目。

丈夫热情鼓励她尝试一下。1982 年夏天,她的节目终于开播了。她对广播早已驾轻就熟,于是她利用这长处和平易近人的作风,大谈 7 月 4 日美国国庆对她自己的意义,又请听众打电话来畅谈他们的感受。

听众立刻对这个节目产生了兴趣,从此她一举成名。如今,莎莉·拉斐尔已成为自办电视节目的主持人,曾经两度获奖,在美国、加拿大和英国每天有 800 万观众收看她的节目。

"我遭人辞退了 18 次,本来大有可能被这些遭遇所吓退,"她说,"结果却相反,我让它们鞭策我勇往直前。"

### 情商点拨

陈军

挫折在我们满怀信心前进的时候总是喜欢不期而至,而且有时候会像"屋漏偏逢连夜雨"那样不停地来打击我们。但是我们要换一个角度定义挫折:挫折不是来打击我们的,是促使我们修正自己的错误,鞭策我们前进的。这样,我们就会有无穷的力量面对不幸的遭遇。

# 丑陋的声音 ◎宋以民

> 女孩果然不负众望,她魅力无限的独特声音伴着卡通片像长了翅膀一样,飞遍了世界各地。

一位日本女孩,自小就嗓音沙哑,同龄人都因她"丑陋的声音"而不愿与她交朋友。但这个女孩从未因此而郁郁寡欢,她一直积极而快乐地寻找着每一个展示自己的机会。

终于有一天,她争取到了参加一个社团演出的机会。那次,日本著名的漫画家藤子不二雄恰好观看了这位女孩出演的话剧,女孩特异的声音立刻吸引了他。此时他正为筹拍中的卡通片《哆啦A梦》中的主人公物色一名配音演员,而这位有着沙哑嗓音的女孩却让他如获至宝。女孩果然不负众望,她魅力无限的独特声音伴着卡通片像长了翅膀一样,飞遍了世界各地。她成为家喻户晓及孩童们争相模仿的天才配音演员。

这个女孩"丑陋的声音"不仅征服了世界,更让人看到了希望的力量。其实,每个人身上都没有永远被定格的"缺陷"。只要不放弃希望,就不会失去成为胜利者的机会。

**情商点拨**

每个人都会有缺陷,而且都会因此而苦恼。其实,"缺陷"在很多时候只是证明了你与众不同而已。在有些人眼中的缺陷,其他人看来可能就是优势,所以不必难过。不要放弃自己的希望,而应抓住每一个改善自己的机会。

◎陈军

# 马 与 斑 马

> （英）迈尔斯·金顿

我们不要总以为自己是普通人，说不定换个群体我们也是那种引人注目的明星呢！

从前，非洲的草原上有一群斑马，它们遇到了一匹在野外游荡的马。马想加入它们的队伍，斑马愉快地接纳了它。

马对身边的斑马说："你们为什么都有黑白条纹？我从没看见过这样糟糕的伪装。别人在几英里以外就能发现你们。如果你们是我这样的暗棕色，在任何地方都能隐藏得很好。"

斑马说："斑马天生就是这样，我们也没办法。可你怎么会变成野马？我还以为野马早已不存在了。"

马说："不，我其实不是野马。我原来生活在农场里，可我为了争取自由就跑掉了。我绝对不会再回去。"

就在这时，斑马群遇到一群猎人。他们看到这匹棕马与这些黑白条纹的斑马一起奔跑。猎人展开一番追逐之后，马被捉住了，因为在那一大群斑马中它看起来比较珍稀。

斑马对它喊道："我的朋友，如果你长着黑白条纹，就不会出这种事儿了！"

这个故事告诉我们，不显眼是唯一有效的伪装。

**情商点拨**

　　一朵鲜花在一个花园中可能并不十分显眼,但是如果它点缀在岩石边,草坪上,你会觉得它特别的美。我们不要总以为自己是普通人,说不定换个群体我们也是那种引人注目的明星呢!但是,如果你想悄悄地别让人家认出来,那么你还是做个合群的小斑马吧。决定我们是不是另类的不是自己,而是我们的群体。

# 一个穷画家　○胡秀清

　　坚持错误的方向而且始终不愿修正,却是导致失败最重要的原因。

　　有一个落魄潦倒的穷画家,一直坚持着自己的理想,除了画画之外,不愿从事其他的工作。

　　而他所画出来的作品,又一张也卖不出去,搞得三餐老是没有着落,幸好街角餐厅的老板心地很好,总是让他赊欠每天吃饭的餐费,穷画家也就天天到这家餐厅来用餐。

　　一天,穷画家在这个餐厅里吃饭,突然间灵感泉涌,不顾三七二十一,拿起桌上洁白的餐巾,用随身携带的画笔,蘸着餐桌上的酱油、番茄酱等各式调味料,当场作起画来。

　　餐厅的老板也不制止他,反倒趁着店内客人不多的时候,站在画家身后,专心地看着他画画。

过了好一会儿,画家终于完成了他的作品,他拿着餐巾左顾右盼,摇头晃脑地欣赏着自己的杰作,深觉这是有生以来画得最好的一幅作品。

餐厅老板这时开口道:"嘿!你可不可以把这幅作品给我?我打算把你所积欠的饭钱一笔勾销,就当做是买你这幅画的费用,你看这样好不好啊?"

穷画家感动莫名,惊异道:"什么?连你也看得出来我这幅画的价值?啊!看来,我真的是离成功不远了。"

餐厅老板连忙道:"不!请你不要误会。事情是这样子的,我有一个儿子,他也像你一样,成天只想要当一个画家。我之所以要买这幅画,是想把它挂起来,好时时刻刻警惕我的孩子,千万不要落到像你这样的下场。"

坚持到底是众所皆知的成功法则,但坚持错误的方向而且始终不愿修正,却是导致失败最重要的原因。

**情商点拨**

一个没有选对发展方向的人,就好比一支没有找准靶心的箭,无论你怎么努力,也无法实现自己的理想。穷画家选择了一条不适合自己发展的道路,他再努力也没能成为一个出色的画家。成功者在做一件事情之前,首先会问自己:我这样做对吗,这是最佳选择吗?

尤守金

# 谁拉你走向了平庸 ◎马 德

> 只不过，是我们缺乏自信的内心，一步一步把我们从优秀的高地上拉下来，一直拉到了平庸的位置上。

有这样一个实验：一个长跑运动员参加一个5人小组的比赛，赛前教练对他说，据我了解，其他4个人的实力并不如你，于是，这个运动员轻松地跑了个第一名。

后来，教练又让他参加了另外一个10人小组的比赛，教练把其他人平时的成绩拿给他看，他发现别人的成绩并不如自己，他又轻松地跑了个第一名。

再后来，这个运动员又参加了20人小组的比赛，教练说，你只要战胜其中的一个人，你就会胜利。

结果，比赛中，他紧跟着教练说的那个运动员，并在最后冲刺时，又取得了第一名。

后来，换一个地方，赛前，关于其他运动员的情况，教练并没和他沟通过。在5人小组的比赛中，他勉强拿了一个第一名；在10人小组的比赛中，他滑到了第二名；20人的比赛中，他仅仅拿了一个第五名。而实际的情况是，这次各个组的其他参赛运动员与第一次的水平完全相同。

这使我想起自己上学时的故事来了。

在小学时，我是班里的佼佼者，觉得第一非自己莫属。升到了初中后，人多了，觉得自己能考前10名就不错了，于是一旦考到了前10名，便沾沾自喜。高中后，定的目标更低，常会安慰自己：高手这么多，已经不错了。就这样，我一步步从优秀走向了平庸。

是的，生活中，不会永远有人告诉我们竞争对手的实力和能力。于是面对着周围越来越多的人，我们茫然不知所措，或者妄自菲薄，主动地把自己"安排"到一个较低的位置上。这也许是前进的路上，许多人都要走的一条路。一个著名的企业经营家曾说过：一个优秀的人才，他的自信力恒久不衰。是啊，即使你曾经是一块金子，但缺乏自信心，也会让自己黯然褪色为一块铁，甚至甘心堕落为一粒沙子，长久地淹没在沙土里，不被人发现。

我们原本是优秀的。只不过，是我们缺乏自信的内心，一步一步把我们从优秀的高地上拉下来，一直拉到了平庸的位置上。平庸，是人生的一场灾难，也是人生的悲剧。只是，更多的时候，是我们自己为自己导演了这场灾难和悲剧。

**情商点拨**

才华不是被上天埋没的，而是被自己埋没的。生活中，很多平庸的人都是被缺乏信心的自我打败的。恒久不衰的自信心是一种积极的生活态度。以一种乐观自信的积极态度去面对生活，把自己放在更高的位置，我们才能不断超越自己，不断进步。

李俊

# 生命的赛跑

（美）玛洛·托马斯 殷 文/译

领导者不在乎因为自己独特的观点而受到嘲笑,只身一人也能发挥重要作用。

我记得,那天下午,班里的同学早早就开始挖苦我了。我们班级里的男生在嘲笑我的着装。在那个年龄,孩子们什么都要整齐划一,任何差异都会遭到讥讽。我是班里唯一还在穿短裤的男生。

那时,一、二、三年级的男生很流行穿短裤,到了四年级,我们学校的所有男生都开始穿长裤。短裤和长裤之间的差别可不光是数英寸的长度。穿长裤就表明你是大孩子,快要长大了。但是,如果你上了四年级还穿短裤,大家就会觉得你是个毛头小子,甚至有点女孩子气。

那天下午,当我离开高大的红色教学楼时,我们班的男生还在毫不留情地取笑我。不必说,当我回到家里的时候,心情糟透了。

我还记得自己走进前门,和母亲坐在厨房的餐桌边。我们家的生活是围绕厨房展开的。我的父母都是从黎巴嫩移民到美国的,从孩子们很小的时候起,他们就向孩子强调了全家一起进餐的重要性。我母亲总是说,食物不仅能维持生命,而且是一种交流和教育的手段。我们一家喜欢笑,喜欢讲故事,而这一切都是在厨房进行的。也就是在这里,我学到了生命中最重要的一课。

我就坐在餐桌边,眼里噙着泪水,告诉母亲四年级的其他男生都穿着长裤。我说："为什么我不行？男生都笑话我。"

我的母亲对于如何抚养孩子有着独到的看法。我记得她温和地问道："告诉我，你为什么想穿长裤？"

我想了一会儿，然后回答说："因为四年级的所有男生都穿长裤。"

这显然不是母亲期望听到的回答。她从餐桌边站起身来，问道："拉尔夫，你长大想成为领导者还是追随者？"我还一个字都没说上来，她就走出了厨房。

我静静地坐在那儿，思考着她说的话。就我的年龄而言，我很有头脑，明白她的话是什么意思。她希望我独立思考，保持个性，今后有大作为。在一个个夜晚，我的母亲在餐桌边赞美责任感知独立精神。她教育我的哥哥、姐姐和我坚持自己的风格，鼓足勇气，走自己的路。

当她问我想要当个领导者还是追随者的时候，我知道她想说明什么。我真想成为领导者。我只不过是想成为一个穿长裤的领导者。

就在第二天早上，我起了床，穿上深蓝色的短裤上学去。尽管我们班里的一些男生还在取笑我，但我竭力不为此而烦恼。不过，这种感觉仍然很难受。

那天下午，一群男生在学校后面的操场上比赛，看看谁在班里跑得最快。让一些男生懊恼的是，我也参加了比赛。他们都穿着长裤，我却穿着短裤。

各就各位……预备……跑！

我满怀兴奋，尽全力跑着。我就是不停地跑啊跑啊。由于穿着短裤，所以我比其他穿长裤的男生具有明显优势。一开始，我只能听到自己怦怦的心跳声。接着，我听到了身后不远处的其他男生气喘吁吁的声音，然后是场地边聚集的一小群人的呐喊和喝彩声。

猜猜谁赢了？

那是我生命中的转折点。比赛的胜利使得我深信，我的母亲是很有见地的。我感到很自信,并且开始明白,与众不同可能会是一种优势。

那时的我就是这样,9岁大小,努力想成为领导者,而不是追随者。由于竭力想成为领导者,所以我在班里变得魄力十足。我提出了大多数学生不会提出的建议。我开始明白,与别人一致往往是软弱的表现。

多年来,我时常回味母亲的建议。我总是尽力听取她的忠告。她帮助我认识到,领导者不在乎因为自己独特的观点而受到嘲笑,只身一人也能发挥重要作用。如果你想改变世界,或者你的社区,你就必须成为那种愿意穿着短裤参加生命赛跑的人。

**情商点拨**

领导者总是独一无二的,追随者总是雷同的。成功总是眷顾那些坚信自我的人,成功之路都是难以复制的,跟在别人后面,没有自己的思考和追求,又怎能超越别人,怎能不平庸呢?

李俊

# 冠军是这样得到的 ◎小 名

你是要成功还是要听别人的话?如果有人说,你无法实现你的梦想!你,就做一个"聋子"!

一群蛤蟆在进行竞赛,看谁先到达一座高塔的顶端。周围有一大群围观的蛤蟆在看热闹。

竞赛开始了,只听到围观者一片嘘声:"太难为它们了!这些蛤蟆无法到达目的地,无法到达目的地。"

蛤蟆们开始泄气了。可是还有一些蛤蟆在奋力摸索着向上爬去。

围观的蛤蟆继续大声地喊着:"太艰苦了!你们不可能到达塔顶的!"

其他的蛤蟆都被说服停下来了,只有一只蛤蟆一如既往继续向前,并且更加努力地向前。

比赛结束,其他蛤蟆都半途而废,只有那只蛤蟆以令人不解的毅力一直坚持了下来,竭尽全力到达了终点。

其他的蛤蟆都很好奇,想知道为什么它能够做到!

为了解除疑惑,一只蛤蟆走向前来,问它为什么能坚持下来到达终点。

这时,大家才发现——它是一只聋蛤蟆!

你是要成功还是要听别人的话?如果有人说,你无法实现你的梦想!你,就做一个"聋子"!

## 情商点拨

"走自己的路,让别人去说吧!",对于否定,有些人坚定自我,把流言飞语关在耳朵外面,他们取得了成功;有一些人意志薄弱,他们在流言飞语中动摇了自己,结果偏离了胜利的航道。一个人能否获得成功在于他有没有爬到金字塔顶的信心!

李俊

# 抱怨不如改变  佚 名

> 抱怨不会改变别人什么,只会浪费我们的时间。当你不能改变他人时,试着改变你自己吧。

有一个年轻的农夫,划着小船,给另一个村子的居民运送自家的农产品。那天的天气酷热难耐,农夫汗流浃背,苦不堪言。他心急火燎地划着小船,希望赶紧完成运送任务,以便在天黑之前能返回家中。突然,农夫发现,前面有一只小船沿河而下,迎面向自己快速驶来。眼看两只船就要撞上了,但那只船并没有丝毫避让的意思,似乎是有意要撞翻农夫的小船。

"让开,快点让开!你这个白痴!"农夫大声地向对面的船吼叫道,"再不让开你就要撞上我了!"但农夫的吼叫完全没用,尽管农夫手忙脚乱地企图让开水道,但为时已晚,那只船还是重重地撞上了他的船。农夫被激怒了,当他厉声斥责、怒目审视对方小船时,他吃惊地发现小船上空无一人。听他大呼小叫、厉声斥骂的只是一只挣脱了绳索、顺河漂流的空船。

在多数情况下,当你责难、怒吼的时候,你的对象或许只是一只空船。那个一再惹怒你的人,决不会因为你的斥责而改变他的航向。

张琼

在生命的长河中，我们会遇到很多的挫折、困难，它们如同礁石阻碍着我们前行，你固执的抱怨只会使你一次次撞在礁石上。当我们试着改变想法，绕开礁石前行时，你会发现礁石其实早已被我们甩在身后。抱怨不会改变别人什么，只会浪费我们的时间。当你不能改变他人时，试着改变你自己吧。

第 **3** 辑

# 不画别人的风景

　　世上有千万种花，姿态各异，颜色迥然。正是这些花朵，把自然界装饰得万分美丽。鲜花没有因担心自己与别人的不同而改变自己的个性，人也是一样，每个人都有自己的特征，这就是我们和别人不同的原因。正确地认识自己，努力地做好自己，无论别人的风景有多大的诱惑，坚决不要去画别人的风景。

# 一 秒 钟　◎杨青草

认真观察这个世界吧，不要因为盲目自信，让自己陷在那无法跨越的一秒。

一秒钟实在太短了，我们常常忽略不计。可有时候，为一秒钟，你要奋斗10年。

我的邻居有一个儿子，从小就跑得特别快，读中学以后，每逢学校举行运动会，他都是100米冠军，师生们称他"飞人"，他自己也把名字改为"林如飞"。林如飞中学一毕业就被省田径队的教练看中了，每年叫他去集训一两次，有一次还让他代表省队参加比赛。比赛回来，林如飞一脸的光荣。

我问他："你到底跑得多快？"

林如飞说："100米，10秒多。"

我说："10秒多是个什么概念呀？"

林如飞想一想说："这么说吧，如果我再跑快一秒钟，就能拿世界冠军。"

林如飞是个非常诚实的孩子，我相信他的话，并为有一个这么了不起的邻居而高兴。我把林如飞的话告诉别人，别人都说："再跑快一秒钟还不容易？林如飞以后肯定得世界冠军的。"

我问林如飞什么时候能拿世界冠军，他笑一笑说："快了。"

我等待林如飞的好消息，可是等了5年，什么好消息也没有。

别说世界冠军,就连全国冠军也没见他拿过一个,依旧每年只是被省田径队叫去集训一两次,回到家就天天自己跑跑跑。

我又问林如飞:"你什么时候能拿世界冠军?"

他摇摇头说:"不知道。"

又过了 5 年,就不见省里叫林如飞去集训了,只见他天天在公路上跑。我忍不住又问他:"你还能拿世界冠军吗?"

林如飞反问我:"你不是取笑我吧?"

我说:"我怎么会取笑你呢?我是真心希望你得世界冠军。你当初说你能拿世界冠军的,我和许多人都相信你有这种能力。"

林如飞说:"那时候还幼稚,不知道拿世界冠军这么难。让你们见笑了。"

看来,林如飞确实是没有能力拿世界冠军了。他有先天的好素质,训练又那么刻苦,居然用了 5 年时间都无法加快一秒钟。

一秒钟,在钟表上只是"滴答"一下,可对于一个短跑运动员而言,却是难以翻越的万仞高峰。其实,在日常生活中,我们许多人就如同刚入行的短跑运动员一样,并不明了一秒钟的意义。然而,你的命运,很可能就在一秒钟里。

**情商点拨**

一秒钟看似短暂,一件事看似简单,但对于我们而言,很可能是一生也难以逾越的高度。做事情千万不要眼高手低,有些事情你没有经历过,就不会知道它到底会有多难。认真观察这个世界吧,不要因为盲目自信,让自己陷在那无法跨越的一秒。

尤守金

# 换一种方式也许离成功更近

 ◎梁 勇

> 孩子,就像你学业不成功,并不代表你在其他方面不能成功,换一种方式吧!

他出生在美国新泽西州一个贫穷的外来移民家庭。

从小他是个腼腆内向的孩子,和他一样大的孩子都不喜欢和他在一起,因为他什么也不会。

每次考试,他都和倒数挂上名。老师不想让他回答问题,因为他总是羞涩地说不知道。大家认为他是笨蛋,是个白痴。伙伴们嘲笑他,说他永远和失败在一起,是失败的难兄难弟。邻居们说,这个孩子将来注定一事无成。父母听到这样的话,暗暗为他担心。

他努力过,可是收效甚微,自己在学业方面取得的进步几乎为零。但是,他还是在不断加班加点苦读。

每天,他醒来后都害怕上学,害怕被嘲笑。周末,他坐在自家的门前,看着草地上喜笑颜开的男孩们,感到自己的未来一片渺茫。

时间在一天天地流逝,而学校也在考虑劝其退学。

一次,他看到一个老人为了一张被老鼠咬坏的一美元钞票而痛哭不已。为了不让老人伤心,他悄悄回家将自己平时积攒的硬币换成一张一美元的钞票,交给了老人,说,这是他用魔法变回来的。老人激动不已,说他是个善良聪明的孩子。

父亲知道这件事后,认为自己的孩子还不是个笨到家的人。接下来的这天,是他永远不会忘记的。

父亲要带他出门,目的地是波士顿。他说,我们坐汽车可以到达。父亲说,那我们坐汽车吧。可是,在中途的一个小站,父亲下车买东西忘记了汽车出发的时间。就这样,汽车在他的喊叫声中呼啸而去。他很害怕,心想这下怎么办,没有汽车,父亲怎么能到波士顿呢?波士顿汽车站到了,他下车时却看到父亲正在不远处等着他。他快速跑了过去,扑进父亲的怀抱,诉说一路的忐忑不安,害怕父亲到不了波士顿,并惊讶父亲是如何到达的。

父亲说,我是骑马来的。

是这样的!他惊讶不已。父亲说,只要我们能到达目的地,管他用什么方式呢。孩子,就像你学业不成功,并不代表你在其他方面不能成功,换一种方式吧!此时,他猛然醒悟。

随后,他看到很多人为了自己的理想不能实现而痛苦不已,就想假如自己用魔法帮助他们实现,即使是假的,但起码从精神上减轻了他们的痛苦。

从此,他对魔术表现出浓厚的兴趣,并跟随一些魔术师学习魔术。

他克服心中的怯懦,为自己的梦想开始奋斗。他为了实现自己的梦想而进行的努力受到了父母的鼓励。

教他魔术的老师发现他在这方面具有很高的悟性,学东西很快,而且每次在原有的基础上都能创新。很快,老师的技巧便被他学光了,他不得不换老师。就这样,短短的两年时间里,他换了四个魔术老师。

他就是大名鼎鼎的魔术师大卫·科波菲尔,一个匪夷所思的成功人士。

有人问他是怎么成功的,大卫·科波菲尔说,"父亲告诉我,成功对于我们来说好比是个固定的车站,我们在为怎么到达而绞尽脑汁,大家都在争夺汽车上的座位,没有得到座位的人不得不等下一班汽车。可是,为什么我们不能骑马或者乘轮船去车站呢?这样,我们不是也到达了吗?只不过我们换了一种方式。"

最后,大卫·科波菲尔又说,后来我知道,这一切是父亲安排好的,其实那个小站离波士顿很近,骑马竟然比坐汽车还快,所以父亲到得比我早。

道理浅显易懂,可是真正理解它,并付诸行动的人却很少。

情商点拨

我们有很多条到达成功的路,譬如说读书、画画、练琴,但是很多时候我们都会受到别人的影响,选择大家都爱走的道路。但别人爱走的路,不一定适合我们,我们有很多天分、特长很可能就会在别人的道路上渐渐消失。虽然到达罗马的道路有很多条,但最合适的路却是我们自己走出来的。

尤宁金

# 没有一种草不是花朵  ◎ 李雪峰

不论生活在哪里,你们和其他人一样,都是一种草,也都是一种花。

那时我们还居住在深山里的乡下,我还是个十五六岁的孩子。春天,小草刚被融雪洗出它们嫩嫩的芽尖时,老师告诉我们,学校准备组织我们到百里外的县城去参加作文竞赛。我们一听又兴奋又担忧,担忧的是,我们这群山里的孩子,作文能赛过城里的学生吗?

头发花白的老校长看出了我们的忧虑,他就说:"你们常常上山下田,谁能说出一种不会开花的草?"

不会开花的草? 蒲公英是会开花的,它的花朵是金黄金黄的,秋天时结满了降落伞似的小绒球;狗尾草也是会开花的,它狗尾巴似的绿穗穗就是它的花朵;就连那些麦田里的荠荠草也是会开花的,它的花洁白洁白的,有米粒那么大,像早晨被太阳镀亮的一颗颗晶莹的露珠。我们想来想去,把每一种草都想遍了,可是谁也没有想出有哪一种草是不会开花的。我们想了半天都摇摇头说:"老师,没有一种草是不会开花的,所有的草都会开出自己的花朵。"

老校长笑了,说:"是的,孩子们,每一种草都是一种花,栽在精美花盆里的花都是一种草,而生长在田地边和山野里的草也是一种花啊。不论生活在哪里,你们和其他人一样,都是一种草,也都是一种花。记住,没有一种草是不会开花的,再美的花朵也是一种草。"

几十年过去了,当我从深山里的乡下走进都市里的大学,当我从乡下青年成为城市缤纷社会的一员,当我面对一束束繁茂盛开的鲜花和一次次雷鸣般的掌声时,我从不自卑,也没有浮躁过。我总会想起老校长的那句话——没有一种草是不会开花的,而每一种花也是一种草。

**情商点拨**

"没有一种草是不会开花的,再美的花朵也是一种草。"我们也许只是一株无人问津的小草,但实际上我们也是一株没有抬起头来面对阳光的花骨朵。所以在我们还没有开放的时候,用不着去艳美别的花朵。花总是要开放的,只要我们努力去汲取阳光、雨露和肥料……

李俊

# 不能及时成功就是失败 ◎佚 名

在这个极端竞争的时代,你不但要成功,而且要及时成功,否则就是失败。

一对麻雀领来 5 只小宝宝,不知是否因为怕冷,宝宝紧紧地挤在同一枝上,等着父母喂食。

大鸟总是先飞到喂食器里衔取谷子,然后飞到地面咀嚼,再回到枝头哺育孩子。而每当大鸟飞临的时候,小雀都极力地抖动翅膀,张大了嘴巴,并发出叫声。别看那些小雀不大,它们的嘴巴张开了可是惊人的,似乎整个头就只有一张嘴的样子。而且小雀的嘴跟大鸟的颜色不同,色彩较浅,边缘则呈淡淡的黄色,变得非常显眼。

观察久了,这些小雀的生活竟使我产生一种惊悸。我发现在那一窝初生的小雀之间,居然也存在着激烈的竞争——生存的竞争。至于那张大嘴巴、高鸣乃至抖翅的动作,则莫不是为了吸引大鸟的注意。

鸟毕竟是鸟!那做父母的居然不知道计算每个孩子的食量,它们可以来来回回地喂同一两只小雀,只为了那两只的嘴张得特别大,声音特别响,翅膀抖得特别凶。有时候看到最瘦小的一只半天吃不到一口,真是让我发急,可是又有什么办法?只怪它的母亲太蠢,更怪它自己不知道争取表现哪!

几乎是一定的,那不知道表现而吃不到东西的小雀,后来都不见了,剩下壮硕的两三只被喂得更结实,终于能独立进食。我常想:这是否就是自然的定律呢?因为大鸟的体力有限、食物有限,在成长过程中,当然有些子女要被淘汰。

于是那抖翅、张大嘴、高鸣的表现,就值得我们深思了。因为鸟的社会正反映了人类社会,生物间生存竞争的道理是相通的。

我们常说人才不怕被埋没,迟早会被发掘出来。但是,今天这句话或许不对了!

100 年前,你可以靠科举考试而一举成名天下知;30 年前,你可以因大学毕业而雄赳赳、气昂昂;10 年前,你可以混个硕士而不愁找不到好工作。但是再过 10 年,只怕你拿到博士学位,都还可能失业。因为你一心读博士,"出道"落在别人后面,等学位拿到时,只能给中学毕业的老板打工。

在这个极端竞争的时代,你不但要成功,而且要及时成功,否则就是失败。

所以,不如学学我窗外那两只聪明的小雀吧!

**情商点拨**

善于表现自我的人更容易获得成功。好像一本书一样,漂亮的封面,精致的设计,配上优美或经典、风趣的文字,才有可能成为畅销书。所以,当自己有机会和能力时,及时表现你自己吧。

○ 张琼

# 生命的账单

◎ 曾　颖

> 这一切，我都留了足够的时间给你欣赏，你却没有珍惜。

　　深夜，危重病房里，癌症患者迎来了他生命中的最后一分钟，死神如期来到他的身边。

　　隔着氧气罩，他含糊地对死神说：再给我一分钟，就一分钟？

　　死神问：你要这一分钟干什么？

　　他说：我要用这一分钟，最后一次看看天，看看地，想想我的朋友和敌人，或者听一片树叶从树枝上飘落到地上的那一声叹息，运气好的话，我也许还能看到一朵花儿由含苞到开放……

　　死神说：你的想法不坏，但我不能答应你。因为这一切，我都留了足够的时间给你欣赏，你却没有珍惜。不信，你看一下我给你列的这份账单：在你 60 年的生命中，你几乎有一半时间在睡觉，这不怪你，这 30 年姑且算我占了你的便宜。在余下的 30 年中，你曾经叹息时间过得太慢，叹息的次数一共是 10000 次，平均每天一次，这其中包括你少年时代在课堂上，青年时期在约会的长椅上，中年时期下班前和壮年时期等待升迁的仕途上。在你的生命中，你几乎每天都觉得时间太慢、太难熬，你也因此想出了许许多多消磨时间的办法，其明细账罗列如下：

　　打麻将（以每天两小时计），从青年到老年，你一共耗去了 6500

小时。喝酒,每顿以一小时计(实际远非这个数),从青年到老年,也不低于打麻将的时间。

此外,同事之间的应酬,上班时间狂侃甲A联赛以及各种臭电视剧,拿着一张报纸出神、吐烟圈,对张三说李四的坏话、对李四又说张三的坏话,这又耗去你不低于打麻将和喝酒的时间。

除了这些,你还无数次叹息生命的无聊、空虚和寂寞。为此,你还强拉邻居、同事或下属打麻将、打扑克,甚至强抢小孙子的游戏机。你还赶潮流学人家上网,化名温柔帅哥,每天用十几个小时泡在"聊天室"里,和一群真真假假的人扯闲天儿……

你还和人煲电话粥,没事上街闲逛,在马路上看人下棋,一支招儿就是数小时。你还开了无数次有较强催眠作用的会,这使得你的睡眠时间远远超出了30年。而且,你又主持了许多类似的会,使更多人也和你一样超标。还有……

死神想继续往下念的时候,发现病人的生命之火已经熄灭,于是长叹一口气:如果你活着时,能想着节约几分钟的话,你就可以听完我给你记下的账单了。真可惜,我的辛苦又白费了。世人怎么都是这样,总等不到念完生命的账单,就后悔得死了。

**情商点拨**

当我们在水盆里洗手时,日子从指尖滑过;当我们在路上嬉闹时,日子从脚边滑过。我们总是着急时间过得太快,事情没有做完,却依然优哉游哉过完一天。把握时间做有意义的事情吧,只有这样,当我们回顾往事时,才不会因虚度年华而悔恨,不会因碌碌无为而羞耻,我们的路才会更宽更长。

张琼

# 两 棵 梨 树　◎沈岳明

> 舍不得放弃就没有发展。哥哥的那棵梨树给了他一点希望，也扼杀了他创造新生活的动力。

有一对同胞兄弟，在父亲临死前每人得到了家门口的一棵梨树。那是两棵百年老树，每年都结果，父亲将两棵梨树的果子挑去集市上卖了，足够一家人生活。父亲就是依靠那两棵梨树将兄弟俩养大的，现在，父亲已经去世，他老人家将两棵梨树交给了两个儿子，也给了他们生活的依靠。

兄弟俩各自守着自己的梨树也能勉强生存下去。可是有一天，弟弟突然发现自己的梨树枯萎了，失去了生活依靠的弟弟很伤心。看到弟弟的梨树枯死了，哥哥的心里也很难受，但他也是爱莫能助，因为他的那棵梨树仅能维持自己的生活。最后，弟弟下定决心要走出村子，到外面去寻找活路。临走前，弟弟劝哥哥一起走，因为弟弟担心哥哥那棵梨树迟早也会枯死。哥哥忧心忡忡地让弟弟先走，他觉得既然梨树还没有枯死，就说明他的生活还有保障。于是弟弟走了，哥哥留下继续依靠梨树生活。

几年后，弟弟虽然在外面吃尽了苦头，但终于拥有了一家属于自己的小店，并且生意还不错，虽然没赚到大钱，但足够养活一家人，也算是为自己找到了一条新的生存之路。于是弟弟劝哥哥也一起出来创业，可哥哥觉得既然自己的梨树还没有枯萎，还在继续结

果,也能勉强支撑生活,就不应该轻易放弃。又是几年过去了,弟弟的生活越过越好,可哥哥依然守着那棵梨树过着清苦的日子。

舍不得放弃就没有发展。哥哥的那棵梨树给了他一点希望,也扼杀了他创造新生活的动力。在我们的现实生活中,像这样的梨树其实很多。

 **情商点拨**

在这世界上有两类人,一类人满足于现状,从来不想去创新、改变自己的生活,于是一辈子庸碌无为;一类人则从不满足于目前的生活,一直积极地探索更幸福的生活,为了将来,愿意冒着风险放弃现在,这种人的生活自然精彩,充满了希望。

○张琼

# 把石头垫在脚下 ○佚 名

同一块土地,既长稻谷也长稗子,是成为稻谷还是成为稗子,关键还在于你自己。

在美国华盛顿监狱里,有一个名叫库丁的重刑犯,他游手好闲、嗜酒如命且毒瘾极大,对一个服务生看不顺眼,就一刀将其杀死了。结果他被判终身监禁。

库丁有两个儿子,年龄相差只有两岁,大儿子跟父亲一样,从小不务正业,学生时代就染上了很重的毒瘾,全靠偷窃和绑架勒索为生,后来也因为杀人而锒铛入狱。

小儿子却大不一样,他正直诚实、刻苦好学。大学毕业后在一

**055**

家著名的大企业里谋到了满意的职位。他工作勤奋，成绩显著，多次受到公司的嘉奖和提拔，如今已经做了那家公司的总经理。他不仅事业有成，家庭生活也相当美满，有一个贤惠善良的妻子和三个聪明可爱的孩子，一家人过着甜蜜幸福的生活。

在完全相同的成长环境里，为何两个儿子有着完全不同的命运？为了弄清其中的缘由，记者前去采访。没料到兄弟二人的答案竟然是完全相同的："有这样的父亲，我还能有什么办法？"

同一块土地，既长稻谷也长稗子，是成为稻谷还是成为稗子，关键还在于你自己。

这就像我们面对着一块石头，你若把它背在背上，它就会成为一种负担；你若把它垫在脚下，它就会成为你进步的台阶。

**情商点拨**

决定你命运的不是环境也不是他人，而是你对命运的看法。当你对命运的抱怨占据你大部分时间时，除了不幸，你什么也得不到；当你开怀坦然地去接受命运时，命运便会在你开阔的世界里，给予你很多，其实幸福需要的是你跨越不幸的勇气，是你努力向上的决心。

张琼

# 背面也许很精彩 ◎李忠东

> 爸爸,其实一点也不难!因为在另一面印的是一个人的照片。

一个星期六的早晨,天下着雨,牧师正在准备明天讲道的内容。妻子外出购物了,小儿子吵闹不休,令人心烦。牧师实在受不了,从书房走到起居室。他在烦闷中捡起一本旧杂志,随手翻阅了起来。

在看到一幅色彩鲜艳的世界地图时,牧师突然灵机一动,从杂志上剪下这一页,然后再将其撕成碎片,抛洒在地板上。"孩子,看到这些碎片了吗?"他许诺说,"如是你能将它拼好,我就给你一美元。"

牧师以为,小儿子要干好这件事,没有大半个上午肯定是不行的,自己便可以清静几个小时了。不料还不到 10 分钟,就听见敲门声。他忐忑不安地打开门,正是小儿子。牧师大吃一惊,看见孩子手里拿着一幅拼好的世界地图。

他不解地问:"儿子,你怎么这样快就把这件事做好了?"

"爸爸,其实一点也不难!因为在另一面印的是一个人的照片。我首先将照片拼到一起,然后再把它翻过来,世界地图不就拼好了吗?"孩子高兴地说,"我想,如果一个人是正确的,那么他的世界也是正确的。"

牧师满意地笑了起来,他一边给小儿子一美元,一边颇受启发地说："有道理！如果一个人是正确的,那么他的世界也是正确的。"

倘若你想改变你的世界,首先就应该改变自己。当你抱着积极正确的心态去对待人生时,你的世界中的一些问题势必会在你的面前低下头。积极正确的心理态度,离不开热情和活力。

**情商点拨**

世界是美好还是丑恶的,关键在于你用怎样的心态去对待它。当你抱着积极的心态,开心地去看待世界,你的眼中将充满光明；当你用灰暗消极的心态去对待世界,世界也会因此暗淡。把烦恼换一个角度看,说不定会发现它带来的不少好处。

张琼

# 个性是你真正有价值的地方 ○刘燕敏

绝不是因为在这些领域中天生的庸才太多,而是有太多的天才因模仿成了庸才。

他是一位天才的书法家,9岁时参加日本青少年书法展,就在东京掀起一股旋风。四幅作品,全部被私人收藏,总价值1400万日元。当时,日本最著名的书法家小田村夫曾这么预言,在日本未来的书坛上,必将会升起一颗璀璨的新星。

20年过去了。一些籍籍无名的人脱颖而出,而他却销声匿迹了。是谁断送了这位天才的前程？2002年九州岛樱花节,小田村夫专门拜访这位小时候名震四岛的天才,在看了那位天才书法家的作品之后,仰天长叹,说了这么一句话:"右军啊!你毁了多少神童。"

右军是谁?右军是王羲之,1600年前的中国大书法家。小田村夫为什么说是这位书法大家毁了他们的神童呢?原来这位小神童临摹王羲之的书帖成瘾,经过20年的苦练,把自己的书法个性磨得一点都没有了。现在他的字与王羲之的比较起来,几乎能够达到乱真的程度,可是自己的东西呢,一丝都找不到。在鉴赏家眼里,他的书法已不再是艺术,而是令人厌恶的仿制品。

一个天才因模仿另一个天才而成了庸才,这不是书法世界里独有的现象,它存在于人类社会的各个行业。现在政治、经济、文化乃至江湖领域,大师级的人物之所以寥若晨星,我想绝不是因为在这些领域中天生的庸才太多,而是有太多的天才因模仿成了庸才。

千万不要丢失自己的个性,那是一个人唯一真正有价值的地方。纵观古今,凡是成就了一番事业的人,都是坚持自己的个性和特色,敢于从流俗和惯例中出列的人。

**情商点拨**

我们喜欢小草,是因为它是绿色的;我们热爱鲜花,是因为它是鲜艳的。有了绿色的草,鲜艳的花,大地才显得生机勃勃。但是,如果小草、鲜花因为担心自己与别人的不同去改变自己的个性,那么我们的眼里就只有沙漠了。每个人都是一朵有特色的花,有了这些特色,世界才会变得鲜艳。

尤守金

# 不画别人的风景　②谭延桐

> 无论别人的风景有多诱惑，坚决不去画别人的风景，美好的境界自然就成了。

　　我早年在童话里所写的那只十分幼稚的小兔子，看见刺猬浑身带刺，还以为它有多酷呢，就忍不住去模仿，在自己的身上扎下了很多很多的牙签。疼得它呀！可是，它却忍着，为了让自己变得越来越酷，像刺猬一样酷，甚至比刺猬还酷，它坚强地忍着。为了不让别的小兔子知道它变酷的秘密，它还偷偷地把主人的牙签全都独占了，兢兢业业地一根一根地往自己的身上扎，扎，扎……扎来扎去，皮肤就发炎了，溃烂了，最终无药可救，死掉了。这就是"临摹"的后果！

　　从小就清醒地认识自己，也认识世界，无论别人的风景有多诱惑，就是坚决不去画别人的风景，美好的境界自然就成了。

　　不是谁都可以做刺猬的，就像刺猬也不能做兔子一样。每个人天生就有自己的特性，这是我们和别人不同的原因。正确地认识自己，努力地做好自己，让自己也成为一道独特的风景线吧。

尤守金

# 每一个人都是智者 ⊕矫友田

只要你充满自信和勇气去做,也会有一个出色的收获。

有一个年轻人,生性胆怯。虽然他有很好的音乐天赋,但是他每当站到舞台上时,就会控制不住怯场。因此,他错过了许多可以发展的机会。为此,他感到很痛苦。

后来,在一位朋友的引荐下,他去拜访一位成功的长者。他把内心的苦恼倾诉给了那位长者,然后恳求道:"您在我认识的人中,是最有才智的一位,您可以给我指一条成功的路吗?"

长者微笑地听着,并没有立即给他答复。而后,长者起身,让年轻人一起陪他到外面去散步。当他们走到一个建筑工地前时,长者指着那些在数十米高空作业的建筑工人,问年轻人道:"现在,让我们去做他们的工作行吗?"

年轻人摇了摇头。

长者说:"那他们也是有才智的人呀。"

之后,他们又走到一个汽车大修厂前,长者指着正在忙碌的维修工人,问那个年轻人道:"现在,让我们去做他们的工作行吗?"

年轻人又摇了摇头。

长者说:"那他们也是非常有才智的人啊。"

就这样,他们一路走,长者问了年轻人一路。年轻人感到很奇怪,便不解地问:"您为什么要带我看这些呢?"

那位长者意味深长地解释道:"其实,在生活中每一个人都是智者啊。只要你相信自己,努力去做一件自己想做的事情,那么你在别人眼里也会是一个充满才智的人。"

"每一个人都是智者。"这句话里包含着一个多么深刻的哲理啊!它所要体现的不是骄傲、自大,也不是在无知下所表现出来的"无畏"。而是要我们对自己时时刻刻充满自信和求知的欲望,并且相信自己也是一个有才智和潜能的人。

只要你充满自信和勇气去做,也会有一个出色的收获。如果做到了这些,那么距离成功还会远吗?

**情商点拨**

迎着阳光的人就是自信的人,就是一个勇于和命运抗争的智者。不断地认识和提高自己,不去怀疑自己,不去怀疑成功。自信让我们每个人都能够成为智者。

○李俊

# 假装成功 ◎吴光平

> 她每天开始工作之前,都要对着那面试衣镜,很开心、很温柔、很自信地微笑。

自信是成功的开始,付出是成功的关键。

许多年前,一个小姑娘应聘到位于美国纽约市第五大街的一家裁缝店当打杂女工。

小姑娘出身贫寒,家住在纽约的一处廉价出租房里。当她走进那家金碧辉煌的裁缝店时,仿佛置身于一个令人目眩的新世界。

正式上班以后,她经常看到女士们乘着豪华轿车来到店里,在店里镀着金边的大试衣镜前试穿她们的漂亮衣服。她们都和裁缝店里的女老板一样,穿着讲究,举止得体,端庄大方,高贵典雅。

小姑娘想:这才是女人们应该过的生活。一股强烈的欲望在她的心中升起:我也要当老板,成为她们当中的一员。

于是,小姑娘开始玩起了一个令人兴奋的游戏。她每天开始工作之前,都要对着那面试衣镜,很开心、很温柔、很自信地微笑。

她虽然经济拮据,只能穿粗布衣裳,但她假装自己已经是身穿漂亮衣服的夫人,待人接物落落大方,彬彬有礼,深受那些女士们喜爱。

她虽然地位卑微,只是一名打杂女工,但她假装自己已经是老板,工作积极投入,尽心尽责,仿佛那裁缝店就是她自己的,因此深受老板信赖。

不久,有许多客户开始对女老板说:"这位小姑娘是你店中最有头脑、最有气质的女孩。"女老板也说:"她的确很杰出。"又过了不久,女老板就把裁缝店交给小姑娘管理了。

日月如梭,光阴荏苒,这个小姑娘渐渐有了一个响亮的名字——"安妮特",继而成了服装设计师,"安妮特",最后终于成了"著名设计师安妮特夫人"。

看来,成功也可以"装"出来。如果你想成为成功人士,你不妨现在就假装自己已经是成功人士,然后像成功人士那样去做人、学习、工作,最后你就可能成为一名真正的成功人士。

梦想有多远，我们就能走多远。丑小鸭能不能变成天鹅首先在于她是否把自己当成一个天鹅来看。如果我们把自己当做是美丽的天鹅，那么即使我们是普通的鸭子也有可能展翅高飞；如果我们一直当自己是只鸭子，那么就算你是只天鹅，也会在脏乱的鸭窝中碌碌一生。所以，我们应当有梦想，有信心。

李俊

# 自己拿主意　中原渔人

自己拿主意，当然并不是一意孤行，而是忠于自己、相信自己。

美国著名女演员索尼亚·斯米茨的童年是在加拿大渥太华郊外的一个奶牛场里度过的。

当时她在农场附近的一所小学里读书。有一天她回家后很委屈地哭了，父亲就问原因。她断断续续地说："班里一个女生说我长得很丑，还说我跑步的姿势难看。"父亲听后，只是微笑。忽然他说："我能摸得着咱家的天花板。"正在哭泣的索尼亚听后觉得很惊奇，不知父亲想说什么，就反问："你说什么？"

父亲又重复了一遍："我能摸得着咱家的天花板。"

索尼亚忘记哭泣，仰头看看天花板。将近 4 米高的天花板，父亲能摸得到？她怎么也不相信。父亲笑笑，得意地说："不信吧？

那你也别信那女孩的话,因为有些人说的并不是事实!"

索尼亚就这样明白了:不能太在意别人说什么,要自己拿主意!

她在 24 岁的时候,已是个颇有名气的演员了。有一次她要去参加集会,但经纪人告诉她,因为天气不好,只有很少人参加这次集会,会场的气氛会有些冷淡。经纪人的意思是,索尼亚刚出名,应该把时间花在一些大型的活动,以增加自身的名气。而索尼亚坚持要参加这个集会,因为她在报刊上承诺过要去参加。"我一定要兑现诺言。"结果,那次在雨中的集会,因为有了索尼亚的参加,广场上的人越来越多,她的名气和人气因此骤升。

后来,她又自己做主,离开加拿大去美国演戏,从而闻名全球。

自己拿主意,当然并不是一意孤行,而是忠于自己、相信自己。坎坷人生,很多时候我们都要自己拿主意!

**情商点拨**

　　一艘没有帆的船总会随波逐流,一个没有主见的人只是一个木偶。生活绚丽多彩,我们每个人都应该是自己的主人,每个人心里都应该有一把属于自己的标尺。在坚持自我中,我们将攀上属于自己的高峰。

李俊

无论别人的风景有多大的诱惑，
坚决不要去画别人的风景。

第 **4** 辑

# 拿出一万个小时来

　　如果想要变成还不错的业余钢琴家，至少需要专注地投入三千小时的训练，如果想要达到专业水准，一万个小时是跑不了的。如此看来，我们学习上的种种小挫折，并非因为没有天赋，而是因为没有持续贡献。要坚持下去，就像跑一个人的马拉松赛一样，最重要的是跑完，而不是前头跑得多快。

# 成功只是多说一句话 ◎王晓红

每当有顾客经过时,阿琳总是善意地提醒一句:
请小心前面的台阶。

大专毕业的阿琳因为一时找不到工作,只好进了一家百货公司做营业员。尽管别人都认为她做营业员太可惜,但她却很珍惜这份工作。阿琳热情周到的服务很快便得到了顾客和领导的好评。

阿琳所在的柜组前面有道不起眼的台阶,每当有顾客经过时,阿琳总是善意地提醒一句:请小心前面的台阶。

同事都笑她多此一举,阿琳也从不为此争辩,总是一笑置之。

一天,公司老总巡视时正巧经过那道台阶,阿琳还是像以前一样习惯性地提醒:请小心前面的台阶。老总一愣,但很快便明白了是怎么回事,他没有说什么,只是看着阿琳,脸上流露出一种赞赏的笑容。很快阿琳便被提升为柜组组长,一年后,她成了副总经理。

一个人的成功,有时只是比别人多说一句话而已。

## 情商点拨

热情友善不仅是一种良好的品德,还是一种积极向上的人生态度。无论我们身在何处,做着多么微不足道的事,只要你怀着热情的态度,就能感化身边的人,赢得大家的尊重和赏识,而机会往往就在你热情友善地工作时悄然降临。勿以恶小而为之,勿以善小而不为。

⊙ 尤守金

# 生　　路 ◎李　均

眼前的得失不要时时挂在心上,长远的考虑才是智者的生存之道。

寒冷的北极也有温暖如春的季节。每年的七八月份,北极地区的冰雪开始大规模融化,气温逐渐回升,出现短暂的绿草如茵的景象。但随着气温的升高,大量的蚊虫也会肆虐丛生。

许多初到这个地方的游客都会注意到这样一个现象,当地的印第安人对这些嗡嗡乱叫的蚊虫十分仁慈,从不轻易地伤害它们。即使他们被叮咬,也只是涂些药水了事。一次,一个游客从背包里掏出一瓶杀虫剂,还没有喷洒,便被一个印第安老人制止住了。老人说,虽然这些虫子很烦人,但你却不知道,它们以后还要帮我们一个大忙呢。

原来,驯鹿是当地人过冬的主要肉质动物来源。可天气暖和的时候,大批的驯鹿便会自发成群结队地向低纬度地区迁移,因为那里有大量的水草。如果没有人赶,它们是不愿意在严寒到来之前准时回来的,并且靠人力驱赶的作用也是微乎其微的。这时,平日里特别烦人的蚊虫的巨大威力便显现出来了,因为天气一冷,这些蚊虫便飞到暖和的低纬度地区逃命,自然就会与驯鹿不期而遇。吸食血液的蚊虫是驯鹿无法抵御的天敌。抵御不了蚊虫的进攻,又无处躲藏,并且前边的气候还不适宜生存,于是驯鹿就只能往回跑,这一跑就钻进了人们事先已经设好的包围圈里。聪明的印第安人正是掌握住了自然界物物相扣的规律,才能在忍受一时痛苦中获得食物和生存保障。眼前的得失不要时时挂在心上,长远的考虑才是智者的生存之道。也许,当你放别人一条生路时,受益者也包括你自己。

**情商点拨**

做任何事情时都要有一颗宽容善良的心,不要因为朋友犯了一件小错误,而和他分离、疏远。人要考虑的是一辈子的事情,不要被眼前的小事耽误了。也许曾经为你带来伤害的人,会为了弥补错误而帮助你。当你为他人打开一扇门的同时,你也在不经意间打开了自己的门。

○ 尤守金

# 跳出心理怪圈 ◎（美）麦金尼斯

如果你敢于挑战自我,跳出心理怪圈,就会发现没有突破不了的极限。

1945 年,冈德·哈格就创造了 4 分零 1 秒 4 跑完 1 英里(约合 1.6 公里)的成绩,但多数人认为,这超出了人的生理上限,甚至连生物学家也纷纷提出假设,说明这确实是人类身体和心理的极限。渐渐地, 4 分钟 1 英里演变成了体育界著名的"4 分钟障碍"理论。

在那之后的 9 年里, 1 英里跑的纪录始终徘徊在略微超过 4 分钟的位置。

然而 1954 年罗杰·班尼斯特以 3 分 59 秒 4 的成绩打破了这个"不可逾越的极限"。奇迹终于出现了。更有意思的是,就在"4

分钟障碍"的神话被打破后的 46 天,又有一名运动员打破了班尼斯特的纪录。从此"4 分钟极限"一次又一次被超越,不到一年,就有 26 名运动员, 66 次突破了"4 分钟障碍"。今天,世界上能够在 4 分钟内跑完 1 英里的人有数百名。

班尼斯特比哈格仅仅快了 2 秒钟吗? 不!班尼斯特最重要的成就在于他突破了人类心理定式的束缚。他的 2 秒钟证明,长久以来制约运动员速度的不是生理极限,而是人类的心理压力。没有班尼斯特这 2 秒钟,就没有后来几百个突破"4 分钟极限"的人。生活中也有各种各样的"4 分钟障碍",如果你敢于挑战自我,跳出心理怪圈,就会发现没有突破不了的极限。

 情商点拨

　　学习和生活中,困住我们手脚的问题有很多,可更多的却是我们自己给自己设置的障碍。我们习惯给自己套个圈,圈上写着"不行"、"太难了"、"放弃吧"。于是,我们在很多困难面前低头了。实际上,大多数时候我们输给了自己。

 安勇

 # 迷路的飞虫 　◎钟丽红

　　小飞虫不是存心让叔叔痛的,它一定是在叔叔的耳朵里迷路了。

　　刚放暑假的第二天,我陪朋友一家三口去爬梅岭。爬到半山腰的时候,一只飞虫钻进了我左边的耳朵里,弄得整个耳道奇痒无比

且钻心地痛。

我的钥匙串上正好挂着一根银质掏耳小勺,我决定用它"深入虎穴",立即置"闯祸者"于死地。就在我小心翼翼地把小掏耳勺伸入耳孔的当口,朋友却拦住了我,说:"你这样做是把飞虫往耳朵深处逼,它拼命地往里面逃命,一旦钻透你那薄薄的耳膜,那就麻烦了。"

朋友的话似乎有道理。可我该怎么办?朋友的爱人是医生。她建议说:"你可以把头搁在桌子上,往左耳道里倒进去一两滴食油,这样就可以把飞虫粘住,或者把飞虫憋死。等耳朵里没有动静了,再用少量温水冲洗耳朵,最后要用棉签吸干耳道里残余的水,这样既安全又卫生。"

可朋友读小班的女儿琳达不高兴了,她对她妈妈说:"小飞虫不是存心让叔叔痛的,它一定是在叔叔的耳朵里迷路了。"一会儿,小姑娘又扭头对我说:"叔叔,我有办法了!"

说着,她让我把头低下来,右耳朵贴在石桌上,她自己则站到了石凳上,用她的小电筒对着我的左耳朵笔直地照。我一时找不到食油、棉签和温开水,也就听任小姑娘摆布。

可是很快,我的耳朵真就不痛了。琳达和他的父母惊喜地看到一只小飞虫从我的耳孔里飞出,飞到了手电筒的亮光里。

对待一只在黑暗中迷路而不小心触犯你的飞虫,其实人们不必太心急,更不必只想着惩罚和消灭它,只要设法给它一个光明的方向,给它一个投奔光明的机会就好了——我想,对待每一个有缺点错误的人都应如此吧。

**情商点拨**

　　犯错总是难以避免的，不管是谁。在作业本上，橡皮可以擦掉错误；在人生中宽容可以使错误止步，不再继续。所以，对待别人的错误，要宽容。因为错误已经过去了，指责别人也不会让错误得到弥补，很多时候只会让事情变得更糟。多多宽容一下别人，到我们自己一不小心犯错的时候，可能也会得到他人的宽容和谅解的。经常宽容，我们才会拥有大海般宽广的胸襟。

# 种花的邮差   ◎佚 名

　　种子和花香对村庄里的人来说，比邮差一辈子送达的任何一封邮件，更令他们开心。

　　有个小村庄里有位中年邮差，他从刚满 20 岁起便开始每天往返 50 公里的路程，日复一日将忧欢悲喜的故事，送到居民的家中。就这样 20 年一晃而过，人与事物几番变迁，唯独从邮局到村庄的这条道路，从过去到现在，始终没有一枝半叶，触目所及，唯有飞扬的尘土罢了。

　　"这样荒凉的路还要走多久呢？"

　　他一想到必须在这无花无树充满尘土的路上，踩着脚踏车度过他的人生时，心中总是有些遗憾。

　　有一天当他送完信，心事重重准备回去时，刚好经过了一家花店。"对了，就是这个！"他走进花店，买了一把野花的种子，并且从第二天开始,带着这些种子撒在往来的路上。就这样,经过一天,两天,一个月,两个月……他始终坚持撒播着野花种子。

没多久,那条已经来回走了 20 年的荒凉道路,竟开出了许多红、黄各色的小花。夏天开夏天的花,秋天开秋天的花,四季盛开,永不停歇。

种子和花香对村庄里的人来说,比邮差一辈子送达的任何一封邮件,更令他们开心。

在不是充满尘土而是充满花瓣的道路上吹着口哨,踩着脚踏车的邮差,不再是孤独的邮差,也不再是愁苦的邮差了。

**情商点拨**

当外界没有给予自己想要的东西的时候,我们就可以试着给予世界给予他人一些美好的事物。就像自己手中的玩具,难道不是和大家一起玩才会更开心吗?这样,不但别人会从中受益,得到快乐,而且自己也能够从中获得想要的美好。

李俊

# 无价之宝 ◎崔鹤同

无私的品质是一种无价之宝,它使人的心灵显得高贵而又圣洁。

有一年德国闹饥荒,有个富人把 20 个穷孩子请到了自己的家里,对他们说:"这只篮子里的面包你们每人一块,拿吧。以后每天这个时候都到这里来拿,一直到灾难结束为止。"

　　孩子们抓住这只篮子，你争我夺，大家都想挑最好最大的面包，可是抢到手以后，也没说一声谢谢就走了。

　　唯有衣着整洁的穷女孩费朗西丝，她不好意思地站在一边，等到别人拣完了，才过去拿了剩在篮子里的最小的一块面包，谢了谢主人，然后悄然地回家去了。

　　第二天，孩子们故伎重施，还是那副饿狼扑食的样子，可怜的费朗西丝这次拿到的面包还没有别人的一半大。但是，等她回到家里，母亲切开面包的时候，里面却掉出许多白花花的新银币。

　　她的母亲心里很纳闷："马上把钱拿回去，因为这钱肯定是错放到面包里去的。"

　　费朗西丝将钱送了回去。但是富人说："不，我没有弄错。我是故意把钱放进最小的面包里去的，目的是想奖赏给你，我的孩子。记住，宁可拿最小的而不去抢最大的面包的人，将来一定会得到比放在面包里的银币更好的赐福。"

　　无私的品质是一种无价之宝，它使人的心灵显得高贵而又圣洁。平素别人比我们自己更加关注这种高尚的行为和崇高的德行，心地无私的人，必将得到别人的厚爱而富足一生。

**情商点拨**

　　"孔融让梨"这个故事谁都听过，孔融无私地把大个的梨让给哥哥和父母吃，自己拿最小的，于是受到世人的赞叹，可见无私是多么宝贵的品质。没有谁会喜欢"小气鬼"的，所以我们面对"梨"的时候要学会无私和谦让。

李俊

# 暖　　暖　 （美）朱易丝·安瑞森　王流丽／译

　　我欣慰地走到窗边拥抱我的小天使，草地上一丛丛兰花安静地盛开着，又香，又暖。

　　初春某个假日的下午，我在储物间整理一家人的冬衣。9岁的女儿安娜饶有兴致地伏在不远的窗台上向外张望，不时地告诉我院子里又有什么花开了。

　　这时，我无意中在安娜羊绒大衣两侧的口袋里各发现一副手套，两副一模一样。

　　我有些不解地问："安娜，这个手套要两副叠起来用才够保暖吗？"安娜扭过头来看了看手套，明媚的阳光落在她微笑的小脸蛋上，异常生动。

　　"不是的，妈妈，它暖和极了。"

　　"那为什么要两双呢？"我更加好奇了。

　　她抿了抿小嘴，然后认真地说："其实是这样的，我的同桌翠丝买不起手套，可是她宁愿长冻疮，也不愿意去救助站领那种难看的土布大手套。平时她就敏感极了，从来不接受同学无缘无故赠送的礼物。妈妈买给我的手套又暖和又漂亮，要是翠丝也有一双就不会长冻疮了。所以，我就再买了一模一样的一副放在身边。如果装作因为糊涂而多带了一副手套，翠丝就能够欣然戴我的手套。"孩子清澈的双眸像阳光下粼粼的湖水，"今年翠丝的手上没有冻疮。"

我欣慰地走到窗边拥抱我的小天使,草地上一丛丛兰花安静地盛开着,又香,又暖。

**情商点拨**

人们共同生活在这个世界上,有很多人都得不到他们想要的温暖,哪怕是我们平常觉得触手可及的幸福。我们不该袖手旁观,更不应该嘲弄他们。我们至少可以去关心身边的人,去爱身边的人,这是我们力所能及的。

# 机会只有三秒　◎瑞　雪

机会只有3秒,就是在别人丢下耳机和麦克风的时候,你能捡起它。

她,名牌大学毕业,却找不到工作。好不容易找了份戏剧编剧助理的工作,却发现整个公司除了老板只有她一个员工。累死累活干了3个月,只拿到一个月的工资,于是炒了老板鱿鱼,开始游荡,帮人写短剧,写电影,只要按时收到钱就好,前路茫茫,她期盼着奇迹发生。

一次机缘巧合,她应聘到电视台一个节目当了编剧。半年后,在一次制作节目时,制作人不知为什么突然大发雷霆,说了句:"不录了!"就走了。几十个工作人员全愣在那儿不知怎么办,主持人看了看四周,对她说:"下面的我们自己录吧!"

机会只有3秒钟,3秒钟后,她拿起制作人丢下的耳机和麦克风。那一刻,她清楚地对自己说:"这一次如果成功了,就证明你不仅是一个只会写写小剧本的小编剧,还可以是一个掌控全场的制作人,所以不能出丑!"

慢慢地,她开始做执行制作人。当时,像她那个年纪的女生能做制作人是相当罕见的。

几年后,这个小女生成了三度获得金钟奖的王牌制作人,接着一手制作了红得一塌糊涂的电视剧《流星花园》,被称为台湾偶像剧之母。

回首往事,柴智屏爽直地说:机会只有3秒,就是在别人丢下耳机和麦克风的时候,你能捡起它。

情商点拨

机会只垂青于那些有所准备的人。我们总是在抱怨机会的缺失,但机会来临时我们却往往熟视无睹。其实,生命中并非缺乏机会,缺乏的只是那些善于及时抓住机会的人。要知道机会从来不会等待,错过1秒,便错过了它,抓住了它,便改变了自己的命运。

○张琼

# 生命的启示 ◎玉　珍/编译

如果你在冬天的时候就放弃,你就会错过生命中春天的盼望、夏天的美丽、秋天的收成。

有一个人,他有四个儿子。

他希望他的儿子能够学会不要太快对事情下结论。

所以,他依次给四个孩子一个问题,要他们分别去远方看一棵梨树。

大儿子在冬天前往,二儿子在春天,三儿子在夏天,小儿子则是在秋天前往。

当他们都回家之后,他把他们一起叫到跟前,让他们形容自己所看到的情景。

大儿子说,那棵树很丑,枯槁、扭曲。二儿子说,不是这样子,这棵树被青青的嫩芽所覆盖,充满了希望。三儿子不同意,他说树上花朵绽放,充满香气,看起来十分美丽,这美景是他从来不曾见到过的。小儿子不同意他们三人的说法。他说树上结满了果子,累累下垂,充满了生气与满足。

这个人就对他四个儿子说:你们都是正确的,因为每个人都只看到这棵树一个季节的风景。

他告诉儿子们不可用一个季节的风景来评判一棵树或是一个人,关于一个人的内在实质是怎样的,还有一个人生命的欢愉、喜乐、爱,只有在经历过所有季节之后,才能衡量。

如果你在冬天的时候就放弃,你就会错过生命中春天的盼望、夏天的美丽、秋天的收成。

不要让一个季节的痛苦毁掉其他季节的喜乐。

不要因为一个痛苦的季节就对人生下结论,坚守忍耐,度过这段艰难,美好的日子将在不久之后来到。

**情商点拨**

不同的时间我们会看到不一样的风景。无论什么时候,我们都有自己的烦恼和痛苦,但是只要我们坚忍地走过寒冷的冬天,春天总是会到来的,只要我们不放弃自己的希望和追求。

◆陈军

# 拿出一万个小时来 ◎吴淡如

我们学习上的种种小挫折，并非因为没有天赋，而是因为没有持续贡献。

到目前为止，你总共在自己本来有兴趣的事情上，对自己说过多少次"唉，我没有天赋，还是算了吧"的话呢？

天赋有那么重要吗？我访问过一位四岁就被称为音乐神童，长大之后也在音乐方面有相当成就的大提琴手。他一开始就否认自己是个天才。他说，他常被问到的问题是：在他的成功之中，天赋占了多少比例？"我想，20%不到吧……不过，这20%当中，我那从小就逼我学琴，不让我出去玩的妈妈，大概贡献了15%以上。"

英国心理学教授迈克侯威专门研究神童与天才，他得出的结论很有意思："一般人以为天才是自然发生，流畅而不受阻的闪亮才华，其实，天才也必须耗费至少10年光阴来学习他们的特殊技能，绝无例外。要成为专业人士，都须投注巨大的心血，培养自己的专业才能。一个人再有写作才华，也要靠训练和经验才能找到写作的窍门。所有成功的作家一辈子都是读者，而且大多数在年幼时就养成习惯，将思想付诸文字……"他也统计过，以学钢琴为例，如果想要变成还不错的业余钢琴家，至少需要专注地投入三千个小时的训练，如果想达到专业水准，一万个小时是跑不了的。如此看来，我们学习上的种种小挫折，并非因为没有天赋，而是因为没有持续贡献。

不用太努力,只要坚持下去。我总是这样告诉自己,想拥有一辈子的专长或兴趣,就像跑一个人的马拉松赛一样,最重要的是跑完,而不是前头跑得多快。

**情商点拨**

⊙陈　军

　　庸人总是感慨自己没有天赋而无所事事,但是"天才"不管有没有天赋都会努力培养自己的才能。所以,那些有才华的人,并不是天生就有才华,而是通过后天的努力和坚持,日积月累的结果。所以,才华是可以用汗水和时间换回来的。

# 机遇善待有心人 ⊙张　燕

　　总有人问小林有什么本事进入这家著名集团,小林总是笑笑,他说,机遇善待有心人。

　　小林是一个普普通通的大专生,学的是营销专业。毕业时,小林在网上查到浙江温州有一家著名的商业集团招聘市场营销人才,开出的待遇十分优厚。小林鼓足了勇气来到温州应聘。因为知道自己的文凭不硬,在众多大学生的竞争中处于劣势,他没有像大多数的应聘者那样,交上简历,就回旅馆等待复试的通知。7月的骄阳下,他找到了一处网吧,一头扎进去,一天一夜不眠不休,搜集了这家集团的创建发展资料。又找到一个两年前就在该集团工作的老乡,在他的帮助下,他对该集团下属的几家商场进行了周详的市场调查,写了一份企业集团发展策划草案,一切准备详尽后,小林向这家集团的人事部递交了个人简历及他千辛万苦写就的调查报告。

小林顺利地通过了初试和复试，他接到了面试通知。面试那天小林早早地来到了通知书上所约的面试地点。办公室和厂房显然刚刚竣工，到处是凌乱、废弃的钢管、木材，最惹人眼的就是那堆小山似的瓦砾垃圾。一个工头模样的人发给应聘的学生人手一把铁锹或镐头，让他们把垃圾装车运到厂外。学生们顿时就傻了眼，当场有几个人就把铁锹扔得老远："开什么玩笑？我们又不是来做清洁工的！"然后头也不回地走了。农民的孩子小林尽管也非常诧异，但是他并不认为干点清洁工的活就有损身份，他和几个留下来的应聘者认认真真地大干起来，一直干到中午。简单地用过餐后，小林终于站到了人事部经理和市场部经理面前，脸上还挂着点点汗珠的小林，自信地侃侃而谈，有事实有分析，讲得经理们不住地点头认可，同时，他还大着胆子指出了集团销售的几点不足……最后，所有的考官都对他流露出赞美的微笑。

以后的日子，总有人问小林有什么本事进入这家著名集团，要知道，他们是非清华、北大的名校生不收的呀，小林总是笑笑，他说，机遇善待有心人。

**情商点拨**

如果我们空着手奔着一个宏伟的目标，那么我们只能空手而归，因为奇迹从来不会降临在一片空白的脑袋上。小林的机遇是他经过辛勤劳动的汗水得来的，他的有心和充分的准备，才在众多竞争者中打动了招聘者的心。我们同样如此，为自己准备好了行囊再上路，就能顺利到达目的地。

◆ 刘清泉

# 人生的圆圈 ◎盗太太

> 如果你老是在自己的舒服区里头打转，你就永远无法扩大你的视野，永远无法学到新的东西。

这是美国作家布伦达·乌尔巴奈克讲述的故事：

在培训课上，主管巧妙地诠释了一个人生寓意。他首先在黑板上画了一幅简图：在一个圆圈中间站着一个人。接着，他在圆圈的里面加上了几个小圈，在小圈里面分别写上"可靠的经验"、"惯性的思维模式"、"熟悉的工作环境"等。主管说："这个大圆圈里的东西对你至关重要，这是你的舒服区。在这个大圆圈里头，人们会觉得自在、安全，远离危险与错误。"

"现在，谁能告诉我，当你跨出这个圈子后，会发生什么？"教室里顿时鸦雀无声，一位积极的学员打破沉默："会害怕。"另一位认为："会出错。"这时主管微笑着说："当你犯错误了，其结果是什么呢？"最初回答问题的那名学员大声答道："会从中学到很多东西。""正是，你会从错误中学到东西。当你离开舒服区以后，你学到了你以前不知道的东西，增加了自己的见识，所以你进步了。"主管再次转向黑板，在原来那个圈子之外画了个更大的圆圈，还加上些新的东西，如"历来的生活方式"等。"如果你老是在自己的舒服区里头打转，你就永远无法扩大你的视野，永远无法学到新的东西。只有当你跨出舒服区以后，你才能使自己人生的圆圈变大，才能把自己塑造成一个更优秀的人，才能拥有更精彩的人生！"

　　我们的起点,永远是人生圆圈的中心。而围绕我们的圈子越多,我们迈出脚的胆子就越小。同样,当我们积累足够多的勇气,突破了舒适、习惯、熟悉的生活,我们就能取得更大的进步。我们获得的多少,往往也就取决于我们迈步早还是晚,步子大还是小。

刘清泉

第 **5** 辑

## 感恩经营

　　在这个世界上有很多事情是我们自己做不了的，要靠别人的帮助才能够实现，我们要学会感恩。在这个世界有很多人的帮助是我们回报不了的，我们只能够凭借自己的一声"谢谢"和内心的感恩来回报他们。所以，对他人要常怀感恩的心，常怀宽容的心，常怀善良的心，不仅是朋友，还有对手。

# 聪明与善良

> （美）杰夫·贝佐斯 王 悦/译

祖父说："有朝一日你会明白，做个聪明人很容易，但做个善良的人很难。"

　　祖父母在科图拉有个农场。小时候，每年夏天我都去那儿过暑假。"华利贝姆大篷车俱乐部"经常组织车队在美国和加拿大各地开车旅行。祖父母也是俱乐部成员。每隔几年，他们便会开上自家那辆老爷车，车后拖着几十英尺长的大篷车，参加旅行车队。就是在这样一次旅途中，祖父说了一句令我永生难忘的话。

　　我当时不大，也就 10 岁左右。但对周围的世界，我已经开始有了自己的观点，自以为就无所不知了，并和现在一样，还迷恋跟数字有关的东西。

　　经历过长途旅行的人都知道，你总有多余的时间来胡思乱想。那天也不例外，我算出了老爷车每英里的耗油量，算出了各种零食的平均价格……还有什么可算的吗？我曾看过一个反对吸烟的电视节目。主持人说每抽一口烟，就相当于缩短了两分钟的生命。祖母是烟民，我决定算算她的寿命。

　　我已经不记得具体数字了：一口 =2 分钟，一支香烟 =20 口，一包烟 =20 支。祖母有 30 多年烟龄，按每天 1 包计算——她的寿命缩短了 16 年还多。我反复核对了结果，开始为自己的聪明才智沾沾自喜。

　　我把头探到前排,拍了拍祖母的肩膀:"您的寿命因为抽烟而减少了16年!"我得意地向她展示我的论据和推算过程,完全没有顾及她的感受。突然,我看到眼泪从祖母脸上无声地落下。这不是我期待的反应,她没说"你真聪明!"或者"你的算术真棒!"

　　在祖母无法抑制的泪水中,我好像一脚踩中了地雷,这才发现自大无知的我对他人造成了多大的伤害。我不知所措地缩回到后排座位,尴尬得说不出话来。一直默默开车的祖父,小心地把车停在公路边,跳下车,示意我也下车。我惹了大祸!我会受多重的惩罚?这之前,祖父一句严厉的话也没对我说过。但这次不比从前,我惊慌失措地下了车。

　　我们往后走了几步,在老爷车和大篷车的连接处站定。我等着受处罚,而祖父则看着我。

　　我们都没说话,只听到大篷车队隆隆驶过的声音。然后一只大手温柔地放在我肩上,祖父说:"有朝一日你会明白,做个聪明人很容易,但做个善良的人很难。"

　　这句箴言和祖父温和的态度,给我上了宝贵的一课。以前,我一直佩服祖父敏捷的思维和惊人的记忆力。从那天以后,我才开始注意到他的善良。他把聪明当成上天赐予的财富,成为一个聪明人只是运气好,没什么可骄傲的。但不是每个人都懂得以善良的方式来使用这笔财富。能成为一个善良的人,才真正值得我们自豪。从那天起,我一直在努力做个善良的人。

**情商点拨**

　　凶猛的老虎,绝对是森林里的大王,但是所有的小动物都躲着它,这是为什么呢?因为,做一个优秀的人可以获得别人的赞赏和艳羡的目光,但是不一定能够得到别人的喜爱。只有做一个善良的人,才能够得到大家的欢迎。

李俊

# 日 行 一 善  ◎刘燕敏

一个人的命运，更多的时候，取决于他在日常生活中的一些小小的善举。

他父亲是位大庄园主。

7岁之前，他过着非常富足的生活。20世纪60年代，他所生活的那个岛国，突然掀起一场革命，他失去了一切。

当家人带着他到美国的迈阿密时，全家所有的家当，是他父亲口袋里的一沓已被宣布废止流通的纸币。

为了能在异国他乡生存下来，从15岁起，他就跟随父亲打工。每次出门前，父亲都这样告诫他：只要有人答应教你英语，并给一顿饭吃，你就留在那儿给人家干活。

他的第一份工作是在海边小饭馆里做服务生。由于他勤快、好学，很快得到老板的赏识。为了能让他学好英语，老板甚至把他带到家里，让他和他的孩子们一起玩耍。

一天，老板告诉他，给饭店供货的食品公司将招收营销人员，假若乐意的话，他愿意帮助引荐。于是，他获得了第二份工作，在一家食品公司做推销员兼货车司机。

临去上班时，父亲告诉他："我们祖上有一遗训，叫'日行一善'。在家乡时，父辈们之所以成就了那么大的家业，都得益于这四个字。现在你到外面去闯荡了，最好能记着。"

也许就是因为那四个字吧！当他开着货车把燕麦片送到大街小巷的夫妻店时，他总是做一些力所能及的善事，比如帮店主把一封信带到另一个城市；让放学的孩子顺便搭一下他的车。就这样，他乐呵呵地干了4年。

第5年，他接到总部的一份通知，要他去墨西哥，统管拉丁美洲的营销业务，理由据说是这样的：该职员在过去的4年中，个人的推销量占佛罗里达州总销售量的40%，应予重用。

后来的事，似乎有点顺理成章了。他打开拉丁美洲的市场后，又被派到加拿大和亚太地区；1999年，被调回了美国总部，任首席执行官。

就在他被美国猎头公司列入可口可乐、高露洁等世界性大公司首席执行官的候选人时，美国总统布什在竞选连任成功后宣布，提名卡罗斯·古铁雷斯出任下一届政府的商务部部长。这正是他的名字。

现在，卡罗斯·古铁雷斯这个名字已成为"美国梦"的代名词，然而，世人很少知道古铁雷斯成功背后的故事。前不久，《华盛顿邮报》的一位记者去采访古铁雷斯，就个人命运让他谈点看法。古铁雷斯说了这么一句话：一个人的命运，并不一定取决于某一次大的行动，我认为，更多的时候，取决于他在日常生活中的一些小小的善举。

后来，《华盛顿邮报》以"凡真心助人者，最后没有不帮到自己的"为题，对古铁雷斯作了一次长篇报道，在这篇报道中，记者说，古铁雷斯发现了改变自己命运的简单的武器，那就是"日行一善"。

**情商点拨**

做好事很容易，但是做一辈子好事很难。"日行一善"其实不是那么容易做到。经常做好事，既让别人得到帮助，也让自己得到快乐。

李俊

# 珍贵的礼物  ◎李雪峰

她给了大家从没有人施舍过他们的珍贵东西,那就是:微笑和对大家的尊重。

一座小城的乞丐们在圣诞节的前一天聚集在一起,他们在这座小城靠乞讨生活已经将近一年了,城里的居民给了他们一日三餐的生活,给了他们温暖,也给了他们许多难以忘怀的善良,在圣诞节就要到来时,他们决定选出一位施舍给他们最多,最善良,也最使他们感动的人,然后全体乞丐要编织一只"善良天使"的花环,把它作为圣诞礼物,送给大家公认的最善良的他(她)。

有人提议"善良天使"应该是那位大腹便便的阔绰富翁,因为向他乞讨时,他每次都是给予整整百元的大钞。也有人提议应该把这项荣誉给予市中心的那家餐厅老板,因为每当大家饥肠辘辘时,他总能雪中送炭地让你饱吃一顿热气腾腾的面包和美汤。甚至还有人提议应该把这项桂冠授予一位德高望重的医生,因为大家谁有小疾,他总是及时地出现在你的面前,不嫌弃肮脏和贫寒,热情耐心地帮大家治病……

正当所有乞丐都争吵得面红耳赤的时候,一个腋下夹着拐杖的女孩站了起来,她说:"我想应该把'善良天使'授予那个下巴上长着一颗黑痣的大婶。"

马上有人站起来反对说:"不行,她并不比我们富裕,没给过我们百元大钞,甚至连一块面包也没有。"

夹着拐杖的姑娘说："但只有她才给了我们别人没有给予过的东西。"

"别人没有给予过的东西？那是什么东西呢？是黄金？是支票？还是钻石什么的？"有人站起来问。

夹着拐杖的姑娘脸色羞红地说："不，这些她都没有，但她给予我们的比这些都重要。"

比黄金钻石还珍贵，那么她给予的是什么呢？大家都静下来了，一齐探询地望着那个夹拐杖的姑娘。姑娘沉静地望着大家说："她每次都给了我们微笑，并且还抱歉地同我们每个乞讨者说：'对不起，因为我实在没有什么能给予您的。'"

姑娘想了想说："对，她给予了我们尊重。"

大家都沉默了，是的，面包、衣服、金钱、美酒都常常有人施舍过他们，但又有多少人能施舍他们微笑和尊重呢？沉默了一会儿，所有的乞丐都"哗哗"鼓起掌来，大家一致通过把这项桂冠授予那位几乎一无所有的老太太，因为她给了大家从没有人施舍过他们的珍贵东西，那就是：微笑和对大家的尊重。

在这个世界上，黄金和钻石并不是最高贵的礼物，最能让一颗心灵感动的，才是心灵和生命最感珍贵的礼物。

尊重每一颗心灵，这才是每一个人和每一个生命最珍贵的礼物。

**情商点拨**

对待他人最起码的底线是对其人格的尊重，不管是谁，都需要这样的尊重。我们要学会尊重他人，关心他人，在意他人的感受。对于每天打招呼的那个人，每天给你微笑的那个人，我们回馈的当然也会是热情的问候和诚挚的笑容。

何川

# 感 恩 经 营 ◎胥加山

> 我敢肯定人们所挂念的不是小伙子的鲜花，而是他的那一颗感恩经营的心。

　　在我常去图书馆的一条路上，看到一家花店，每天早上 8 时，花店门一开，便挤满了前来买花的人。有好几次，我总想近前看个明白——这家花店为何生意如此红火？后来从买花人口中得知，开花店的是一位年轻的小伙子，他每天逢 8 时开花店门，第一笔生意都是照本钱卖给顾客。

　　有一天，我想为妻子即将到来的生日买一束郁金香。我也赶早上 8 时挤进了这家花店。

　　我果然买到一束我想要的黄色郁金香，昨天午后他开价 80 元，今天以开门第一笔生意的价钱只花了 45 元钱买到了。我对小伙子这种独特的经营方式很感兴趣。

　　一个夕阳西下的傍晚，我见小伙子忙完了一笔生意，正悠闲地修花剪叶，连忙近前和他点头致意。而后，我问他："为什么会有开市第一笔生意照本钱卖的想法呢？"

　　他微微一笑说："最重要的还是感恩吧！记得我刚在这条路上开花店时，我的父亲急需钱动手术，每进花店一个人我总跟人说出我赚的钱只是为父亲看病，人们听后都很爽快且十分信任地和我做生意，后来我父亲用我开花店赚的钱动了手术，身体日益康复，于是我就想，鲜花不能吃不能穿，只是人们用来传递美好感情的媒介，鲜花又不是人们生活的必需品,我思前想后就定下了这个规定,每天以此形式答谢顾客。"

噢,原来如此。他恐怕做梦也没想到,正是那颗感恩的心使他的生意得到更大的回馈。

后来,因这条路上的门市拆迁,小伙子搬到别处去了,可人们还会经常想起他来,我敢肯定人们所挂念的不是小伙子的鲜花,而是他的那一颗感恩经营的心。

**情商点拨**

太阳给了我们温暖,花朵给了我们芳香,我们能够回报给它们什么呢?在这个世界上很多事情是我们自己做不了的,要靠别人的帮助才能够实现的;我们要学会感恩。在这个世界很多人的帮助是我们回报不了的,我们只能够凭借自己的一声"谢谢"和内心的感恩来回报他们。

李俊

# 取消的盛宴 ◎ 蒋光宇

> 盛宴只能供一百多位来宾享用,如果把这笔钱交给慈善机构,却可以让1500位穷人吃上一天的饱饭。

1979 年,诺贝尔委员会从包括促成埃以和谈的美国总统卡特在内的 56 位候选人之中,选出了特蕾莎修女,决定把诺贝尔和平奖授予这位除了爱之外简直一无所有的人。

授奖公报对特蕾莎修女的事业给予了高度的评价:"她的事业有一个重要的特点:尊重人的个性、尊重人的天赋价值。那些最孤独的人、处境最悲惨的人，得到了她真诚的关怀和照料，这种情操发自她对人的尊重，完全没有居高施舍的姿态。""她在帮助穷人的事业中，作出了影响世界的杰出贡献。"

在金碧辉煌的颁奖大厅里，特蕾莎修女郑重地对全世界说："这项荣誉我个人不配领受。今天我来接受这个奖项，是代表世界上的穷人、病人和孤独的人。"她宣布，将把得到的这笔巨额奖金全部捐献给慈善机构，全部用来为穷人和受苦受难的人谋利益。

颁奖仪式结束后，特蕾莎修女得知，晚上还有一场为全体来宾准备的盛大宴会，总共要花费 7100 美元。

一向克己的特蕾莎修女不禁黯然神伤，抹去了眼角的泪水，带着深深的不安向诺贝尔委员会提出了真诚的请求：取消按照惯例举行的授奖盛宴，将省下的钱用于帮助穷人。因为这是一种极大的浪费，盛宴只能供一百多位来宾享用，如果把这笔钱交给慈善机构，却可以让 1500 位穷人吃上一天的饱饭。

诺贝尔委员会很快就答应了这一请求，把 7100 美元统统赠与了她所领导的仁爱修会。她的请求也没有得罪任何嘉宾，反而深深地打动了他们。与此同时，瑞典全国掀起了向仁爱修会捐款的热潮。自此以后，她帮助穷人的事业，得到了全世界各国人民越来越广泛的支持。

获奖后，特蕾莎修女遵守了"自己为穷人、病人和孤独的人领奖"的诺言，把 19.2 万美元奖金连同那 7100 美元，全部捐给了麻风病防治基金会，没有给自己留下一美分。更出人意料的是，她还卖掉了诺贝尔和平奖的奖章，将其所得也捐了出去。

情商点拔

　　特蕾莎修女的故事,让我们看到了一个崇高的心灵,看到了一个与上帝比肩的身影。她不是神,但却达到了神的境界。她做到了时时刻刻为他人着想,付出自己的所有。而正是那个"除了爱之外简直一无所有的人",才当之无愧是世界上财富最多的人。

安勇

# 劳动、死亡和疾病
(俄) 列夫·托尔斯泰

　　劳动不应该成为人生中的苦差事,也不应该把它视为服苦役,而应该是使所有人联合起来的共同事业。

　　这是一个流传在南美洲印第安人中间的故事。

　　那里的人们说,上帝最初造人时,不是非要他们劳动不可的。他们既不需要房屋,也不需要衣食。他们都能活到百岁而从来不知道什么是疾病。

　　过了一段时间,上帝想去看看人们生活得怎样。他看到的是人们互相争吵,只顾自己,不仅感受不到生活的乐趣,反而诅咒起生活来。

　　此时,上帝对自己说:"这是因为他们都能独立生活的缘故。"为此上帝作了重新安排:人们要活下去,就不能不劳动;为了避免受冻挨饿,人们就不得不建造房屋、耕种谷物。

　　"劳动会把他们联系在一起的。"上帝心想,"要是他们不合作就造不了工具,伐不了树,盖不了房子,种不了地也收不了庄稼,织不了布也做不了衣服。"

过了一些时候,上帝又来查看人间的生活情形,看看他们现在是否幸福了。

可是他发现,人们生活得比以前更糟了。他们在一起劳动是出于不得已,而且也不是大家全在一起,而是一伙一伙的。他们互相倾轧,把精力和时间都浪费在争斗之中了,所以他们的生活还不如从前。

上帝看到自己的安排并没有使人们的生活好起来,于是便决定让人们都不知道自己的死期,人们随时都会死亡,并向他们宣布了这一安排。

"要是人们知道自己随时都会死亡,"上帝心想,"也许就不会为争夺那些身外之物而浪费自己的年华了。"

但是事情还是与上帝的意愿相反,当他再来视察时,发现人们的生活还是同以前一样不幸。

那些强有力的人,利用随时会死的事实,降服了一些软弱无力的人,杀掉一些,用死亡去威胁另一些。结果,强者及其后代都不劳动,闲得百无聊赖,而弱者则不得不拼死劳动,终生不得休息。两种人互相畏惧,彼此憎恨,人的生活变得更加不快活了。

看到这种情况,上帝决定用一种方法补救:他把千奇百怪的病魔打发到人间,上帝认为,当人们都受到疾病威胁时,他们就会懂得,强者应该怜悯并帮助那些弱者。

当上帝再次回来查看人们有了得病危险以后的生活情形时,他看到人们的生活甚至比以前更糟了。上帝的本意是要通过疾病使人们能够互相同情关照,岂不知,疾病反使人们陷入更大的分裂。那些强壮得足以强迫别人劳动的人,得病时就强迫其他人来侍候自己,但临到别人生病时,他们就置之不理。那些被迫劳动、在别人生病时又得去侍候他们的弱者,其劳累程度便可想而知了,他们有了病就只能听天由命。为了不使病人影响健康人的精神状态,人们把病人和健康人的住宅远远分开。其实健康人的同情本来是会使那些可怜的病人的心情快活起来的,现在这些病人只好待在他们的房子里受煎熬,死在那里。那些雇来看护他们的人,不仅没有热情,反而厌恶他们。此外,人们还认为有许多病是传染的,由于害怕传染,他们不仅躲着患者,甚至把自己同照看病人的人都隔离开来。

上帝自言自语道:"如果连这样都不能使人们懂得他们的幸福所在,那他们就是咎由自取。"于是,他撇下人们不管了。

过了许久,人们逐渐明白,他们是应该而且也是可以过得幸福的。只是到了近代,才有少数的人懂得,劳动不应该成为人生中的苦差事,也不应该把它视为服苦役,而应该是使所有人联合起来的共同事业。他们开始懂得,死亡时刻威胁着每个人,人类唯一合乎理性的做法,就是在团结和友爱中度过有生之年的每一分钟。他们也开始懂得,疾病不应该把人们分开,恰恰相反,它应该为人类相爱提供机会。

**情商点拨**

　　世界是个和谐的空间,我们需要的是相互合作,相互温暖,相互友爱的群体。如果人与人之间,有了这种友爱和关照,不论是疾病还是死亡,都不会再令人感到可怕。正像歌里唱的那样,只要人人都献出一点爱,世界将变成美好的人间。

淑雅

# 真正的风度

> 姜钦峰

在生死时速的求生之路上,混乱只会逼人们陷入更大的绝境。

2001年9月11日上午,纽约的上空艳阳高照,陈思进和往常一样,准时来到公司上班,他的办公室位于世贸大厦北塔80层。8点多钟,他刚打开电脑准备工作,忽然感到一阵剧烈的摇晃,桌上的一满杯咖啡溅了一地。陈思进和同事们一样,第一反应就是地震,但并未引起太大的恐慌。

几分钟后,有人来通知全体撤退,这时陈思进才意识到可能出大事了!80层没有往下的电梯,他们迅速走到78层寻找出口。意想不到的是,因为楼体变形,8个出口的门全部卡死了。手机信号已全部中断,三四百人挤在一块,他们无法知道外面究竟发生了什么,死亡的气息瞬时扑面而来,恐惧笼罩在每个人的心头。人们开始强行撞门,经过15分钟的齐心协力之后,终于打开了一个出口。

电梯肯定走不了,只能走楼梯。生命的通道被分成了两条:一个楼梯往内旋转,另一个楼梯往外旋转,显然,内旋的楼梯要比外旋的近得多。此刻,时间就是生命,谁心里都清楚,走近道就意味着多一线生机。灾难面前,人们并未慌乱,自觉地把近道让给了老人和妇女,陈思进和其他人一起从外旋楼梯逃生。楼道狭窄,人群拥挤,却没有人推搡抢道,人们井然有序地快速撤离。

刚走下几层,陈思进的眼镜忽然掉了,眼前一片模糊,他心想还是逃命要紧,便头也不回,跌跌撞撞地接着往下跑。没跑出几步,忽然有人从背后拍他的肩膀:"先生,这是你的眼镜。"陈思进万万没有料到,在生死攸关之际,竟会有一个陌生人帮他捡回眼镜。陌生人凝重的眼神,似乎在向他传递一种力量——要活下去!那一瞬,他感受到了前所未有的温情。他戴上眼镜,感激地说了声"谢谢",更加卖力地往下跑。

78层楼梯,陈思进用了整整一个半小时,终于逃到了一楼。到处都是刺耳的警笛声和人们恐慌的呼喊声,街上尘土飞扬,遮天蔽日,他这才知道,世贸大厦南塔已经倒了。陈思进不敢喘息,拼尽全身力气狂奔而逃……两分钟后,身后传来轰隆巨响,大地在颤抖,世贸大厦北塔轰然倒塌,陈思进死里逃生。望着身后的一片废墟,陈思进流泪了。他明白,是那个帮他捡回眼镜的陌生人善意的一俯身赐给了他宝贵的两分钟。

"9·11"事件已经过去5年,现在的陈思进是全球第二大银行美洲银行证券部副总裁。回想起当年那段逃生的经历,他感慨万千。他说,那一天,男人们主动让道给老人和妇女的感人情景至今还深深刻在他的脑海中。人们之间没有抢道、推搡,也没有争论、协商,那份心灵的默契令人叹为观止。也正是这份默契,为所有人赢得了宝贵的逃命时间。

在生死时速的求生之路上,混乱只会逼人们陷入更大的绝境。唯有团结、正义,才能拥有力量,温暖前行。

面对死亡,人们身上所表现出来的大义,对人性的高度尊重和关爱,绝不仅仅是借以抬高自己素质的幌子,更不是男人向女人献媚的手段,那是一种发自灵魂深处的对良心安宁的追求。这才是真正的风度!

发生在美国的"9·11"事件,无疑是人类历史上的一场劫难,而正是在这劫难之中,我们看到了人类团结、互助、温暖前进的步伐。正是在这步伐的带动下,多数人逃离了险境,获得了新生,也正是在这步伐的指引下,人类才会越来越走向和谐和进步。

安 勇

# 心疼别人 简单

搬开别人脚下的绊脚石,有时恰恰就是为自己铺路。

有一天深夜,轮到乘警值班。巡逻时,乘警发现一个小偷正将手伸进一位熟睡乘客的口袋,乘警大喊一声,立即追了过去,小偷向餐车方向逃跑。乘警知道,火车正在飞奔,小偷是不敢跳车的,除非他是疯子。乘警渐渐放慢了脚步,开始用对讲机和餐车那头的乘警联络。可正在这时,火车突然停了。只见小偷迅速地跃上一个敞开的窗口。当时乘警心想,完了,这家伙要逃掉了。就在他准备跳下去的时候,听到一个孩子——一个蓬头垢面在餐车里捡酒瓶的男孩子的尖叫声。回头一看,孩子头上鲜血直流,是急刹车时一头撞在了车厢上。

小偷犹豫了一下,从窗口上跳了下来,一把抱起小男孩奔往医务室。

小偷被乘警抓到了,可乘警说这个小偷真是太幸运了。乘客们不解地问:为什么?乘警的回答使乘客们浑身一颤:因为火车当时所在的地方,两边是万丈深渊。

在人生漫漫长河中,肯定会遇到许许多多的困难,我们所见到的某人现在的遭遇,极有可能是你以后某个遭遇的一次提前彩排。但我们是不是都知道,在前进的路上,搬开别人脚下的绊脚石,有时恰恰就是为自己铺路;心疼别人,有时就是心疼我们自己。

**情商点拨**

　　冬天寒冷的夜晚,当有人给衣着单薄的我们披上一件棉袄的时候,你还会感觉冷吗?这个世界之所以温暖,是因为我们互相关心。心疼他人,或许是我们的亲人,或许是我们的朋友,或许是素不相识的人。你给予别人温暖的同时,自己内心也会感觉到温暖,你的善良也会换来别人温暖的回报。

〇尤守金

# 踢"国王"的心理　○王 飙

　　我的朋友,如果在现实生活中,你不幸被"踢"了,那么,你的心里还不该暗自得意吗?

　　英国国王爱德华八世在他还是一个十多岁的小王子的时候,曾被送到一所海军军官学校读书。有一天,一位海军军官巡察时,发现这位小王子正伏床哭泣。这位军官上前问他为什么哭,开始的时候他什么也不肯说,后来迫不得已,才说出有几个军校的同学竟无端地轮流踢他的屁股。

　　海军军官就把这几个学生召集过来,对他们说:"尽管小王子并没有主动告状,但我依然想知道你们为什么要这样虐待王子。"这些学生都像木头人似的站在那里一言不发,直到军官声言不说真话就开除他们时,他们才承认说,许多年后,等小王子继承了皇位,他们也差不多都成了皇家海军的指挥官或舰长,他们只希望到那时候能自豪地告诉大家,他们曾经踢过国王的屁股。

　　是啊,不管是踢"国王",还是踢"猛虎",总之,被踢的肯定都是那些比自己卓越和优秀的人物,谁会愚蠢到去砸一棵没有果实挂在枝头上的树呢? 一个伟大的政治家曾说过这样的话:"不公正的批评和恶意的攻击,其实那是一种更有效的恭维和赞美,它往往能将一个人抬高到正面的褒扬所达不到的地步,送给他正面的宣传所得不到的荣耀。"

　　我的朋友,如果在现实生活中,你不幸被"踢"了,那么,你的心里还不该暗自得意吗?

### 情商点拨

　　当受到不公正的批评和恶意的攻击时,你应该愤怒吗? 不。应该感谢那些人,其实这也是对我们的褒赏,起码他人觉得你"值得"他们去批评。不要被这些批评和攻击干扰,勇敢地去活得精彩吧!

何川

# 走进天堂的门票 ◎江峰青

　　这不是走进天堂的门票,别把太多的希望放在它的上面。

　　有一对孪生兄弟,同时进入高考考场。结果,哥哥收到了大学录取通知书,弟弟则以两分之差名落孙山。兄弟俩长相酷似,性格各异。哥哥忠诚敦厚,弟弟活泼机灵;哥哥拙于言辞,弟弟口若悬河。哥哥拿着大学录取通知书面对贫病交加的父母默默无语,弟弟关在房里不吃不喝,长吁短叹"天公无眼识良才"。

　　愁眉不展的老爸默思了两个通宵,终于眨巴着眼睛向大儿子开口了:"让给弟弟去读书吧,他天生是个读书的料!"

　　哥哥把大学录取通知书送到弟弟手中,说了这么一句话:"这不是走进天堂的门票,别把太多的希望放在它的上面。"

　　弟弟不解,问:"那你说这是什么?"

　　哥哥回答说:"一张吸水纸,专吸汗水的纸!"

　　弟弟摇着头,笑哥哥尽说傻话。

　　开学了,弟弟背着行囊走进了大都市的高等学府。哥哥则让体弱多病的老爸从镇办水泥厂回家养病,自己顶上,站到碎石机旁,拿起了沉重的钢钎……

　　碎石机上,斑斑血迹。这台机子,曾轧断了多名工人的手指。哥哥打走上这个岗位的第一天起,就在做一个美丽的梦。他花了三个月的时间,对机身进行了技术改造,既提高了碎石质量,又提高了安全系数,厂长把他调进了烧成车间。烧成车间灰雾弥天,不少人得了硅肺病,他同几个技术骨干一起,殚精竭虑,苦心钻研,改善了车间的环保设施,厂长把他调进了科研实验室。在实验室,他博览群书,多次到名厂求经问道,反复实验,提炼新的化学配方,经过一次又一次的创新实验,使水泥质量大大提高,为厂里打出了新的品牌产品,水泥畅销华南几省。再之后,他便成为全市建材工业界的名人……

弟弟进入大学后,第一年还像读书的样子,也写过几封信问老爸的病;第二年,认识了一个大款的女儿,双双堕入爱河。那女孩成了他取之不尽、用之不竭的钱包。进入大四后,那女孩跟他"拜拜"了,他便整个儿陷入了"青春苦闷期",泡吧,上网,无心读书,考试靠作弊混得了大学毕业文凭。经市人才中心介绍,他到一家响当当的建材制品公司应聘,好不容易闯过三关,最后是在公司老总的办公室里答辩。轮到他答辩时,老总迟迟不露面,最后秘书来了,告诉他已被录用。不过,必须先到烧成车间当工人。

他感到委屈,要求一定要见老总。秘书递给他一张纸条,他展开一看,上书八个大字"欲上天堂,先下地狱"。他一抬头,猛见哥哥走了进来,端坐在老总的椅子上,他的脸顿时烧灼得发痛。

 情商点拨

即使我们走在通往天堂的路,也不代表我们就一定会到达天堂。不要总是幻想可以轻易地实现自己的梦想,因为很多时候梦想都像天堂那样遥不可及。任何走进梦想天堂的路,都是我们在地狱般的苦难中磨炼成的。

陈军

# 向你的对手敬杯酒 ○张传岐

> 对手总会给你带来压力,逼迫你去努力地投入到"斗争"中去,并想办法成为胜利者。

　　康熙大帝在继位执政 60 周年之际,特举行"千叟宴"以示庆贺。在宴会上,康熙敬了 3 杯酒,第一杯敬太皇太后,感谢太皇太后辅佐他登上皇位,一统江山;第二杯敬众大臣和天下万民,感谢众臣齐心协力尽忠朝廷,万民俯首农桑,天下昌盛;当康熙端起第三杯酒时说:"这杯酒敬我的敌人,吴三桂、郑经、噶尔丹,还有鳌拜。"宴会上的众大臣目瞪口呆。康熙接着说:"是他们逼着我建立了丰功伟绩,没有他们,就没有今天的朕,我感谢他们。"

　　如果没有吴三桂这些敌人,康熙会有一番丰功伟绩吗?历史不能假设,但有一句话说得好:"一个人的身价高低,就看他的对手。"没有对手,就难以看出自己的价值,难以显示出自己的能力。

　　对手总会给你带来压力,逼迫你去努力地投入到"斗争"中去,并想办法成为胜利者。在同对手的对抗中,你才能真正磨炼自己。从这一层意义上而言,你的对手是你前进的推动力,是你成功的催化剂。

　　生于忧患,死于安乐。如果你不想一生平庸,就微笑迎接一切挑战吧。向你的对手敬杯酒,感谢他们给了你成就自己的机会。

陈军

一个人没有对手往往难以发现自己的不足,也难以发挥自己的长处,更难让自己不断地进步。如同在赛场上,只有和对手一起奔跑才能够跑得更快,如果没有对手的追赶,我们就难以全力以赴地奔跑。所以,我们应该感谢那些帮助我们的人,也应该感谢我们的对手,是他们让我们认识到:人生需要奔跑,而不是缓缓地前行。

# 宽容的台阶 凌佳慧

> 宽容的台阶是用爱搭起的一片绿荫,会让人的内心得到一份清凉。

记得一次数学期末考试,也许是题目太难,或许是学生太在意这场考试,离考试结束还有 15 分钟的铃声刚刚响过,教室里便开始躁动不安。有的学生开始拿起笔在草稿纸上画着,有的学生开始扭来扭去……这时,我发现班上一直成绩不错的小梅正四处张望,神情紧张地把一张纸条压在卷子下面,小心翼翼地抄着。直觉告诉我——她在作弊。当我出其不意地把手按在她卷子上面时,我看到一张因极度恐慌而扭曲变形的脸,她的身体颤抖着,双手紧紧地握住手中的笔,用近乎哀求的目光怔怔地看着我,霎时,我不由动了恻隐之心,灵机一动,将卷子和纸条一起拿起来,装着看她答得如何的样子,并迅速将纸条收走。然后我意味深长地说:"好好检查,不能有丝毫的侥幸心理,也许让你懊悔不迭的正是那些微乎其微的细节,失之毫厘,就差之千里啊。"听了我的话,小梅慢慢地低下了头。

后来,我收到一张贺卡,上面有一行清秀的字迹:"老师,真正让我难以忘记的不是您的循循善诱,也不是您的诲人不倦,而是您的宽容。您宽容地呵护着我的自尊,让我在愧疚之后还能平静而从容地抬起头,您的宽容是一份厚爱,让我感恩至今……"

时至今日,我仍庆幸自己不曾在刹那间做出鲁莽的事来。我不敢想象,一时冲动的我,如果当着众人的面把她的自尊和矜持不屑地撕成碎片,让她难堪得无地自容,要强好胜的她会不会从此一蹶不振呢?她心中曾经明朗的天空会不会从此留下一团挥之不去的阴影?在我的启发、暗示下,小梅学会了自我反省,自我认识,自我教育。我用爱心为小梅筑就一个台阶,结果,真的如我所愿,她努力攀登到了新的高度。

给学生一个台阶吧,一个善解人意的台阶就是一粒真诚的种子,而所有真诚的种子都一定会有用翠绿春天回报大地的时候。

**情商点拨**

　　宽容不是一种施舍,更不是放纵。它是让对方学会自尊的一种善意的呵护,是闷热夏日里的一场微风,是冬天里温暖的阳光。宽容的台阶是用爱搭起的一片绿荫,会让人的内心得到一份清凉。宽容的台阶也是一座桥,通过它,一个人更能走向纯真和美好。

◇安勇

# 一束鲜花改变人生 ◎苇 笛

如果把爱比喻成种子,那么我们所有的人无疑就是一片片土壤。

　　乔治是华盛顿一家保险公司的营销员,为女友买花时认识了一家花店的老板——本;但也只是认识而已,他总共只在本的花店里买过两回花。

　　后来,他因为为客户理赔一笔保险费,被莫名其妙地控以诈骗罪投入监狱,将要坐 20 年的牢。闻此消息,女友离他而去。

　　面对从天而降的灾难,乔治悲愤不已,女友的离去更让他痛苦不堪。只在狱中过了一个月,乔治便感到自己快要疯了。就在他郁闷难耐时,有人前来看他。乔治在华盛顿没有一个亲人,因此实在想不出来者是谁。在会见室,他不由得怔住了,原来是花店的老板本,他给乔治带来了一束鲜花。

　　虽然只是一束鲜花,乔治却从中感受到人世的温暖,希望之火开始在他的心头重新燃烧。他安下心来,在监狱里大量读书,钻研电子科学。

　　6 年后,乔治提前获释了。他先在一家电脑公司做雇员,不久自己开了一家软件公司;两年过后,他身价过亿。成了富豪的乔治去看望本,却得知本于两年前破了产,一家人贫困潦倒,举家迁到乡下。乔治说,是你的一束鲜花使我留恋人世的爱与温暖,给予我战胜厄运的勇气；无论我为你做什么，都不能回报你当年对我的帮助；我想以你的名义，捐一笔钱给慈善机构，让天下所有不幸的人都感到你博大的爱。

此后不久，乔治果然捐款成立了"华盛顿·本陌生人爱心基金会"。

一束鲜花竟然是如此的神奇，它给绝境中的乔治带来了希望，重新点燃了他生命的激情。事实上，这个世界上的许多悲剧都源自于对爱的绝望。对一颗冰冷的心灵来说，最大的可能就是自甘堕落。而我更愿意相信，正是那一份无私的爱，成了乔治努力向上的强大动力。

**情商点拨**

如果把爱比喻成种子，那么我们所有的人无疑就是一片片土壤。当我们感受到人间的温暖时，爱的种子就已经播撒在我们的心田。爱在不断传递，爱也在不断地生长。正是因为有了这一片片土壤，那束象征爱的鲜花才会永不枯萎，永远芬芳。

◎安勇

# 自私的代价 ◎周仕兴

"眼镜"却得益于他的无私，成了这次应聘中唯一的幸运儿。

在经过一轮接一轮的重重筛选后，我们五个来自不同地方的应聘者终于从数百名竞争对手中，脱颖而出，成为进入最后一轮面试的佼佼者。

我们这五个人,可以说都是各条道路上的"英雄好汉",彼此各有所长、势均力敌,谁都可以胜任所要应聘的职务。距面试开始时间还早,为了打破沉寂的僵局,我们还是勉强地聚在一块儿闲聊了起来。交谈中彼此都显得比较矜持和保守,甚至夹着丝丝的冷漠和虚伪……

　　忽然,有一个青年男子急急忙忙地赶来了。他似乎感到有些尴尬,然后就主动迎上前开口自我介绍说,他也是前来参加面试的,只是由于太过于粗心,忘记带钢笔了,问我们几个是否有带的,想借来填写"个人简历"表。

　　我们面面相觑。我想,本来竞争就够激烈的了,半路还要杀出一个"程咬金",岂不是会使竞争更加激烈吗? 要是咱们不借笔给他,那不就减少了一个竞争对手,从而加大了成功的可能? 我们几个有心灵感应似的你看着我我看着你,终于没有人出声,尽管我们身上都带有钢笔。

　　这时,我们五人当中有一个沉默寡言的"眼镜"走了过来,双手递过一支钢笔给他,并礼貌地说:"对不起,刚才我的笔没墨水了。我掺了点自来水,还勉强可以写,不过字迹可能会淡一些。"

　　他接过笔,深情地握着"眼镜"的手,弄得"眼镜"感到莫名其妙。我们四个则轮番用各自的白眼瞟了瞟"眼镜",不同的眼神传递着相同的意思——埋怨、责怪,甚至愤怒。因为他又给我们增加了竞争对手。

　　一转眼,规定的面试时间已经过去 20 分钟了,面试室却仍旧丝毫不见动静。我们终于有些按捺不住了,就找到有关负责人询问情况。谁料里面走出来的却是那个似曾相识的面孔:"结果已经见分晓,这位先生被聘用了。"他搭着"眼镜"的肩膀微笑着向我们做了一个鬼脸。

我们这才如梦初醒，可是已经太迟了。自私的我们只因为眼前的蝇头小利，丢掉了已经到嘴边的肥肉；"眼镜"却得益于他的无私，成了这次应聘中唯一的幸运儿。这次面试必将作为我们人生永恒的一课影响着今后的生活。

**情商点拨**

　　和那个"眼镜"比起来，其他四个应聘者并不是败在能力上，而是输在胸怀上，是他们的自私害了自己。其实，能够不自私，拥有宽厚助人的心胸，何尝不是为人处世时一种最大的能力呢？有些能力可以通过书本去获取，而有些能力只有靠心灵去提高。

安　勇

对他人要常怀感恩的心,常怀宽容的心,
常怀善良的心,不仅是朋友,还有对手。

第 **6** 辑

# 别预支明天的烦恼

很多人总是为未来担心，为未来烦恼，而实际上担心只会让自己无端地再增添烦恼，而不会减少心理的负担，更不能解决我们的问题。明天的烦恼，明天再说，做好今天就是最大的收获。不要预支明天的烦恼，也许到了明天，那些所谓的烦恼早就无影无踪了。

# 好 好 活 着 ◎佚 名

水浇下去,没多久,已经垂下去的花,居然全站了
起来,而且生机盎然。

大热天,禅院里的花被晒焦了。

"天哪!快浇点水吧!"小和尚喊着,接着去提了桶水来。

"别急,"老和尚说,"现在太阳大,一冷一热,非死不可,等晚一点再浇。"

傍晚,那盆花已经成了"霉干菜"的样子。

"不早浇……"小和尚咕咕哝哝地说,"一定已经死透了,怎么浇也活不了。"

"少啰唆,浇!"老和尚骂。

水浇下去,没多久,已经垂下去的花,居然全站了起来,而且生机盎然。

"天哪!"小和尚喊,"它们可真厉害,憋在那儿,撑着不死。"

"胡说,"老和尚骂,"不是撑着不死,是好好活着。"

"这有什么不同呢?"小和尚低着头。

"当然不同,"老和尚拍拍小和尚,"我问你,我今年八十多了,我是撑着不死,还是好好活着?"

不久,老和尚问小和尚:"怎么样?想通了吗?"

"没有。"小和尚还低着头。

老和尚敲了小和尚一下："笨哪，一天到晚怕死的人，是撑着不死；每天都向前看的人，是好好活着。得一天寿命，就要好好过一天。那些活着的时候天天为了怕死而拜佛烧香，希望死后能成佛的，绝对成不了佛，"老和尚笑笑，"他今生能好好过，都没好好过，老天何必给他死后更好的日子？"

**情商点拨**

　　过分的忧虑不会让我们今天过得更好，也不会让明天高枕无忧。每一个人都希望能够好好生活，有美好的人生。只要好好地过好现在的每一天，让自己眼前的日子快乐而充实，明天的美好总会顺其自然地到来。

陈军

# 每天都有彩虹　　◎佚名

　　哪一天没有彩虹呢？只是没流过泪水的眼睛和心灵不能轻易地看到。

　　一个年轻人每天经过一条街道上班时，都能看到一位满头白发的老人。老人坐在一个非常破旧的屋檐下，脸上绽满了满足和幸福的笑意。年轻人很不解，那个老人的衣着很一般，脸上也没有好生活滋养出来的油色光泽，一点也不像富贵家庭养尊处优的老人，而且那么老，一眼望去便能知道他的过去已饱受过沧桑。为什么这样的老人却有那么满足和幸福的神态呢？

　　有一天，心情郁闷的年轻人经过那个老人时禁不住停下了自己的脚步。他在老人身边蹲下来,小心翼翼地问老人说:"老人家,您有一份退休金吗?"年轻人想,看上去这么满足的人,肯定会有一份不菲的退休金的。但老人笑笑说:"退休金? 我没有。"年轻人想想,又俯在老人耳边说:"那您肯定有一笔丰厚的积蓄了?"

"积蓄?"老人听了,又笑着摇头说,"我也没有。"

年轻人想了想又问老人说:"那么您的子女一定生活得很不错,有自己的公司,或者身居要职吧?"

老人一听,又摇摇头说:"他们什么也没有,都不过是平常的工人,靠劳动挣工资,靠工资养家糊口而已。"年轻人一听,就更加不解了,他问老人说:"我每天从这里经过看见您,见您都是很幸福、很满足的样子,老人家,您能告诉我这是为什么吗?"

老人说:"我每天都在看天上的彩虹呀。"每一天? 年轻人更疑惑了,彩虹一年也就那么三两次,怎么会每一天都有呢,见年轻人不解,老人笑笑说:"我这一辈子,讨过饭,逃过荒,背井离乡十几年,曾经好多次死里逃生过。唉,真是没有少受过难,少吃过苦,人生的酸甜苦辣,老头儿我都尝遍了,人生的辛酸泪水,我也流尽了。"老人又笑笑说,"可如今呢,我居有屋,食有粥,几个儿女虽说不才,却也每人都有一份自己的工作,都有一份自己的工资,小伙子,你说我能不感到满足和幸福吗? 我能不每一天都看到彩虹吗?"

老人顿了顿,又感叹说:"其实,哪一天没有彩虹呢,只是没留过泪的眼睛看不见,只要流过泪,人每一天都是能看到彩虹的。"

年轻人一听,心顿时一颤,是啊,哪一天没有彩虹呢? 路上陌生人的一个微笑;朋友电话里的一个轻轻问候;同事一次紧紧的握手;回到家里,妻子的一声轻轻嗔怪,女儿或儿子一个小小的亲昵;出门时,父亲或母亲的一句浅浅的叮嘱……

哪一天没有彩虹呢? 只是没流过泪水的眼睛和心灵不能轻易

地看到。

每一天都有彩虹，只要我们能透过被泪水洗礼过的眼睛和心灵去看。

 **情商点拨**

◆ 陈 军

世界上有很多美好的事物，但是很多人眼里满是忧伤，所以看不到这一切。他们看见的总是消极的东西，所以心情也总是黯淡的。晴天，阳光可以照耀万物；雨天，甘露可以灌溉大地。不管晴天还是雨天，都有它美好的一面，只要我们以积极的心态去寻找，去发现。其实，在这个世界上——美，无处不在。

# 不回头看摔坏的瓦罐 ◎佚 名

> 孟敏说："从肩上掉下去肯定会摔得粉碎，我看它又有何用？我前面还有更重要的事要做。"

后汉时代，太原有一个叫孟敏的人。

一天，孟敏扛瓦罐上市，一不小心，瓦罐落地粉碎，但他头也不回地向前走去，旁观者无不奇怪。有位叫郭林宗的人看到了，跑上前去问孟敏，为什么不回头看看。孟敏说："从肩上掉下去肯定会摔得粉碎，我看它又有何用？我前面还有更重要的事要做。"

郭林宗认为，这是个拿得起放得下的人，劝他为学。果然 10 年后孟敏成为知名学士。

当肩上的瓦罐摔碎了，我们蹲下去捧起瓦罐的碎片，即使号啕大哭也不会让瓦罐重新变得完好。"瓦罐"已经成了无法改变的回忆。很多事情也是一样，过去了的事情已经没有办法更改，就没有必要再去计较了，乐观面对，整理好心情，去把握那些我们还可以把握、即将面对的事情吧。

陈军

# 埋掉过去的尾巴 佚 名

不要把尾巴留在外面。我们可以回顾，但不要把尾巴揪出来折腾。

有两个关于尾巴的故事。

第一个是说猴子是行为和意识最接近人类的动物。有一种猴子，过着群居的生活，每当族群中的成员死了，猴子们一起在地上挖一个坑，然后把死者的身子埋葬，让它的尾巴直直地露在外面。猴子们开始围着坟墓哀嚎。这时如果一阵风吹来，尾巴随风摇动，大家以为死者复生，于是转悲为喜，七手八脚地把死者扒出来，抚弄一番，仍是死的，于是再埋葬，再哀嚎。这种痛苦的过程要重复好几次，大家终于意识到死者确实没有生的希望，最后把尾巴连同尸体一同埋掉。葬礼在无可奈何中结束。

第二个是说有个10岁的小男孩希望长大后成为一位牧师。有一天，家里的黑猫死了，他总算有机会借着举办丧礼"实习"布道。

他找来一只鞋盒,将猫咪的遗体放在其中。但是当他盖上盒盖时,尾巴装不进去,因此他在盒盖上打了个洞,好将毛茸茸的尾巴露出来。之后,他召集了他的朋友们,拿出了仔细准备的讲稿,作了一场短短的讲演,并将猫儿埋葬在一个浅浅的坟墓中。当葬礼结束后,他发现猫咪的尾巴仍然露在外面,每隔两三天,他就好奇地偷偷抓着猫咪尾巴把它拉出来,再重新埋葬一次,最后尾巴断了,猫咪的尸体总算可以好好地入土为安了。

这两个故事让我联想到,我们有多少人对待别人的和自己的那些过去的错误和已被原谅的罪过,也是用同样的方法。这个世界上没有哪件事是真正可以重来,但我们不断旧事重提并为之断肠,即使上帝已经清楚地告诉我们,这些丑陋的过去只要一次认罪就永远不再纪念。

过去的已经逝去了,把它彻底埋葬吧!不要把尾巴留在外面。我们可以回顾,但不要把尾巴揪出来折腾。过去的荣耀不值一提。过去的恶,如果大家都在努力,何必再计较。没有必要把那些过去的作为一种包袱背在身上来走现在的和将来的路。原谅别人,也放过自己。

情商点拨

　　人生总是有很多值得回忆的东西,有美好的也有丑恶的,有快乐的也有痛苦的。美好和快乐的事情总是会给自己带来好的心情,而丑恶和痛苦的只会让自己无端陷入过去的牢笼里。所以,那些不愉快的事情,就让它随着时间的流逝而飘走吧,别拿过去的事情来一遍又一遍地折磨自己。

陈军

# 试试坏的开始

◎佚 名

如果我们不去尝试的话,就永远不会知道自己能够在"画布"上"画"出怎样的作品。

有一段时间,在政治上受到打击的丘吉尔整日神情抑郁,全家人看在眼里,急在心里。而丘吉尔的一个邻居的妻子刚好是一个画家,家里常常堆满了各种各样的颜料、画笔、画布以及画好的作品。丘吉尔一家常常有机会欣赏那位邻居的杰作。后来在家人的劝慰下,丘吉尔开始跟他的邻居学习油画。

丘吉尔在政治舞台上是一个敢作敢为的政治家,可是对着那张干净整洁的画布,他半天都不敢下一笔,生怕出一点差错。那个女画家见了,索性将所有的颜料全倒在了画布上。丘吉尔一见那画布上已经满是颜料了,于是就拿起他的画笔开始在画布上任意涂抹起来,就这样丘吉尔画出了他的第一幅作品。虽然并不完美,但那毕竟是一个很大的突破了。

从此,丘吉尔开始放开手脚画画了。经过不断的练习,丘吉尔终于在画技上有了长足的进步。最后丘吉尔不仅给画坛留下了大量思维大胆、风格各异的油画作品,而且还恢复自信,并东山再起,在英国甚至全世界的历史上创造了一番惊人的业绩。

陈
军

我们面对洁白的画布是不是也会被心灵束缚住手脚呢？面对一件新事物，我们总是怕出错，怕毁坏它，怕驾驭不了。但是，如果我们不去尝试的话，就永远不会知道自己能够在"画布"上"画"出怎样的作品。不要输给自己的胆怯，勇敢地尝试吧！

# 把成功写在脸上 ◎黄小平

> 这个9岁的小男孩，对生活充满了希望和信心，面对顾客总是脸带微笑，谁会忍心不给他回报呢？

在瑞士埃尔德集团公司门口，有一位9岁的小鞋匠。一天，公司总裁查菲尔面对公司所有的业务代表，把小鞋匠叫到跟前，请他擦鞋，并与小鞋匠聊了起来。

"你擦鞋一次赚多少钱？"查菲尔问。

"擦一次5分钱。"小鞋匠高兴地回答。

"在你来之前是谁在这里擦鞋？他为什么离开？"

"是一位叫北尔斯的男孩，他已经17岁了。我听说，他是觉得擦鞋无法维持生活而离开的。"

"那你擦鞋一次只赚5分钱，有办法维持生活吗？"

"可以的，先生。我每个星期给我妈妈10元钱，存5元钱到银行，再留下2元的零花钱。我想再干一年，就可以用银行里的钱买辆脚踏车了。"小男孩一边卖力地擦着鞋子,一边微笑着回答问题。

擦完鞋后,查菲尔给了他5分钱,紧接着,又给他1元小费。小男孩面露迷人的微笑,还是那样欢快地说:"谢谢你,先生。"

这时,查菲尔转过头来,对公司的业务代表说:"一个17岁的鞋匠在这里擦鞋无法维持生计,而一个9岁的小男孩除维持生计外,却还有节余。这是为什么呢?就是因为他们有着两张不同的脸。17岁的男孩看不到生活的希望,整日哭丧着脸,好像别人欠他什么似的,顾客当然不会给他小费。而这个9岁的小男孩,对生活充满了希望和信心,面对顾客总是面带微笑,谁会忍心不给他回报呢?"

受这个小男孩的启发,所有的业务代表一改过去消极的心态,他们在推销产品过程中,同时也把自己的真诚和微笑一同销售出去,产品销售量大增,埃尔德集团公司也从过去面临全盘溃败的窘境,成为如今全球最大的收银机销售公司。

**情商点拨**

人们都生活在同一个世界上,但是总是有人苦恼,有人快乐。其实,苦恼的人遇见的挫折和困难并不比快乐的人多,只是他们只看见事物"哀伤"的一面罢了,而那些快乐的人总是看到事物"欢喜"的那一面,所以快乐总是如影随形。

陈军

# 别预支明天的烦恼 ◎美荣

老和尚意味深长地对小和尚说："傻孩子，无论你今天怎么用力，明天的落叶还是会飘下来啊！"

一位小和尚，每天早上负责清扫寺庙院子里的落叶。在冷飕（sōu）飕的清晨起床扫落叶实在是一件苦差事，尤其在秋冬之际，每一次起风时，树叶总随风飞舞落下，这让小和尚头痛不已。他一直想找个好办法让自己轻松些，后来有个和尚跟他说："你在明天打扫之前先用力摇树，把落叶统统摇下来，后天就可以不用辛苦扫落叶了。"

小和尚觉得这真是个好办法，于是隔天他起了个大早，使劲地猛摇树。这样，他就可以把今天跟明天的落叶一次扫干净了。一整天小和尚都非常开心。

第二天，小和尚到院子一看，傻眼了。院子里如往日一样是落叶满地。

老和尚走了过来，意味深长地对小和尚说："傻孩子，无论你今天怎么用力，明天的落叶还是会飘下来啊！"

确实，生活中我们也常常和小和尚一样，企图把人生的烦恼都提前解决掉，以便将来过得更好，更自在，活得无忧无虑。而实际上，很多事是无法提前完成的。过早地为将来担忧，除于事无补外，只能让自己活得很累，很无奈，也会让自己觉得非常的失败。

不预支明天的烦恼,不为明天的烦恼而发愁,一定能使自己过得轻松、有诗意。

陈军

**情商点拨**

很多人总是为未来担心,为未来烦恼,而实际上担心只会让自己无端地再增添烦恼,而不会减少心理的负担,更不能解决我们的问题。明天的烦恼,明天再说,做好今天就是最大的收获。不要预支明天的烦恼,也许到了明天,那些所谓的烦恼早就无影无踪了。

# 快乐即成功 ◎王开林

少年完全明白过来,快乐胜过黄金,是世间成本最低、风险也最低的成功。

20世纪初,有一位犹太少年,他做梦都想成为帕格尼尼那样的小提琴演奏家。他一有空闲就练琴。可是就连父母都觉得这可怜的孩子拉得实在太蹩脚了,完全没有音乐天赋。

有一天,少年去请教一位老琴师。老琴师说:"孩子,你先拉一支曲子给我听听。"少年拉了帕格尼尼24首练习曲中的第三曲,简直破绽百出。一曲终了,老琴师问少年:"你为什么特别喜欢拉小提琴?"少年说:"我想成功,我想成为帕格尼尼那样伟大的小提琴演奏家。"老琴师又问道:"你拉琴快乐吗?"少年回答:"我非常快乐。"老琴师把少年带到自家的花园里,对他说:"孩子,你非常快乐,这说明你已经成功了,又何必非要成为帕格尼尼那样伟大的小提琴演奏家不可? 你看,世界上有两种花,一种花能结果,一种花不能结果,不能结果的花更加美丽,比如玫瑰。又比如郁金香,它们在阳光下开放,虽说没有任何明确的目的,这也就够了。"

少年完全明白过来,快乐胜过黄金,是世间成本最低、风险也最低的成功。少年心头的那团狂热之火从此冷静下来,他仍然常拉小提琴,但不再受困于帕格尼尼梦想。

这位少年是谁? 他就是日后名震天下的物理学家阿尔伯特·爱因斯坦。

**情商点拨**

成功或者不成功的原因有很多,除了自身的努力程度不一样,还有每个人成功的标准不一样,就像有人总想跑第一,有些人觉得跑到终点就是一种胜利。成功标准太高或者不切实际,都会使成功遥不可及。而有些人成功的标准,只是"快乐"而已,那么成功就很容易能够触及。

陈 军

# 星期九的启迪　 李成林

把明天当做星期九,当成心目中每一个快乐的日子,每一个充满希望和心想事成的日子。

晚来无事,打开书本充电。

4 岁的儿子也忙个不停:一会儿翻幼儿画报,一会儿搭积木,一会儿找蜡笔画画。看他忙得不亦乐乎,这于我是最相宜不过了。

看书正酣,突然听见儿子拿起电话拨打。这个小家伙刚刚学会认识几个阿拉伯数字,便全部实践在打电话上了。

只听他煞有介事地叫着小伙伴的名字,两个小人儿便叽里咕噜地商量起大事了:"好,星期九,我们一块儿玩。就这么定了。噢!再见!"

儿子挂了电话,又在房间里跑来跑去撒欢发疯起来。我把他喊到了跟前:"你刚才说什么?星期九?"

儿子一蹦一跳地说:"妈妈,星期九你带我去二宝家玩吧,我们已经说好了。"

听了这个傻小子的话,我笑得差点岔了气。儿子莫名其妙地望着我……

"傻儿子,"我点着他的额头说,"一个星期只有七天,没有星期九。"

儿子回过神来撒娇地说:"不嘛,就有,就有。二宝都答应了。"我花费了许多口舌试图让儿子明白。他干脆堵起了耳朵:"为什么有星期一,星期二,就没有星期九?"

我只好放下书本,给儿子耐心地讲解起来:"星期是一种以 7 天为周期循环纪日的制度。公元前 2000 年前后,古巴比伦人曾将一朔望月分为四部分(朔月、上弦、望月、下弦),每一部分差不多都是 7 天。而后把 7 天分别配上太阳、月球、火星、水星、木星、金星、土星的名字,星期由此得名,并于公元 321 年 3 月 7 日为古罗马君士坦丁大帝正式颁行,沿用至今。"为了强调说明一个星期只有 7 天,我还搬出了《圣经》,给他讲《圣经》上的《创世记》,"到第七日,神造物的工已经完毕,就在第七日歇了他一切的工"来佐证。我知道他还听不懂这些,但我还是试图让他提前了解一些这方面的知识。

临睡前,儿子小声问我:"妈妈,把明天当成星期九,好不好?

我想去找二宝玩。"

面对儿子怯怯地低声祈求,我的心立刻柔软清澈起来,所有的学识和大道理全抛到了九霄云外。把明天当做星期九,当成心目中每一个快乐的日子,每一个充满希望和心想事成的日子,这是一个懵懂无知的孩童给我的启迪。

### 情商点拨

把哪天当做"星期九",把哪天当做快乐的日子,只要我们愿意都可以实现。虽然现实中明天未必就是一个美好的日子,但是如果我们期待它是快乐的,也许到了明天它就变得快乐了,关键是我们自己的心态。找到自己心中的"星期九",那个使我们快乐的日子,那个我们应该快乐的日子。

陈军

# 放下即快乐  ○ 良品

> 农夫放下沉甸甸的柴草,舒心地揩着汗水说:"快乐也很简单,放下就是快乐呀!"

有一个富翁背着许多金银财宝,到远处去寻找快乐。可是走过了千山万水,也未找到快乐,于是他沮丧地坐在山道旁。这时,一个农夫背着一大捆柴草从山上走下来。富翁说:"我是个令人羡慕的富翁,请问为何没有快乐呢?"农夫放下沉甸甸的柴草,舒心地揩着汗水说:"快乐也很简单,放下就是快乐呀!"富翁顿时开悟:是啊,自己背着沉重的珠宝,既怕人偷又怕人抢,还怕被人谋财害命,整天提心吊胆,快乐从何而来? 于是,他放下财宝,并用它接济当地的穷人。从此,富翁不再担惊受怕,忧心忡忡,反而因为帮助了穷人,得到了穷人的感激和爱戴而快乐起来。

"放下就是快乐",这的确是一剂灵丹妙药。于是我也试着服用此药,把心事放下,把烦恼抛开,重新调整自己,对什么事都看得开、想得明、放得下,不瞻前顾后,不计较名利得失,白天认认真真尽自己所能努力工作,晚上竟然也同妻子一样能够安安稳稳、踏踏实实地进入梦乡了。

放下即快乐,对每个人都适用。

**情商点拨**

登山者,想登上顶峰,却遇到困难,就会把多余的行李丢掉。不是什么事情都如自己想象的那样一帆风顺,我们会有很多烦恼和负累。如果我们总是难以忘怀,难以放弃,就会被它所羁绊;如果放下了,就能轻装上阵,以轻松的心态去迎接挑战,不受任何干扰地去做自己的事情。

◇陈 军

# 凡事从好处想　◎生　讯

米契尔经过不懈的努力,成为美国人心中的英雄,成为美国坐在轮椅上的国会议员。

有一个叫米契尔的青年,一次偶然的车祸,使他全身三分之二的面积被烧伤,面目可憎,手脚变成了肉球(不分瓣),面对镜子中难以辨认的自己,他痛苦迷茫。他想到某位哲人曾经说的:"相信你能你就能!""问题不是发生了什么,而是你如何面对它!"

他很快从痛苦中解脱出来,几经努力、奋斗,变成了一个成功的百万富翁。此时此刻,他不顾别人规劝,非要用肉球似的双手去学习驾驶飞机。结果,他在助手的陪同下升上天空后,飞机突然发生故障,摔了下来。当人们找到米契尔时,发现他脊椎骨粉碎性骨折,他将面临终身瘫痪的现实。家人、朋友悲伤至极,他却说:"我无法逃避现实,就必须乐观接受现实,这其中肯定隐藏着好的事情。我身体不能行动,但我的大脑是健全的,我还有可以帮助别人的一张嘴。"他用自己的智慧,用自己的幽默去讲述能鼓励病友战胜疾病的故事。他走到哪里,笑声就荡漾在哪里。一天,一位护士学院毕业的金发女郎来护理他。他一眼就断定这是他的梦中情人,他把他的想法告诉了家人和朋友,大家都劝他:这是不可能的,万一人家拒绝你多难堪。他说:"不,你们错了,万一成功了怎么办? 万一答应了怎么办? "

多么好的思维,多么好的心态!他勇敢地向她约会、求爱。两年之后,这位金发女郎嫁给了他。米契尔经过不懈的努力,成为美国人心中的英雄,成为美国坐在轮椅上的国会议员。

有一句话说得好,快乐的最好方法,就是多看看比你还不幸的人。悲观的失败者视困难为陷阱,乐观的成功者视困难为机遇,结果就有两种截然相反的人生。生活不是缺少美,而是缺少发现。凡事从好处想,就会看到希望,有了希望才能增添我们生活的勇气和力量。

当一个人失去四肢，不能够正常行走，不能够自己独立饮食起居时，只要他心怀乐观，怀着美好的希望，他的人生一样会很快乐，一样会很成功。人生不能在长吁短叹中度过，凡事都往好处想，幸福就会降临在你的身上。

何川

# 不要为小事烦恼 费 霞

> 我过去的生活一一浮现在眼前，那些曾经让我烦忧过的无聊小事更是记得特别清晰。

这是一名美国青年罗勃·摩尔讲述的故事：

1945 年 3 月，我在中南半岛附近 276 英尺深的海下潜水艇里，学到了一生中最重要的一课。

当时我们从雷达上发现一支日军舰队朝我们开来，我们发射了几枚鱼雷，但没有击中任何一艘舰只。这个时候，日军发现了我们，一艘布雷舰直朝我们开来。3 分钟后，天崩地裂，6 枚深水炸弹在四周炸开，把我们直压到海底 276 英尺深的地方。深水炸弹不停地投下，整整持续了 15 个小时。其中，有十几枚炸弹就在离我们 50 英尺左右的地方爆炸！真危险呀！倘若再近一点儿的话，潜水艇就会被炸出一个洞来。

我们奉命静躺在自己的床上，保持镇定。我吓得不知如何呼吸，我不停地对自己说：这下死定了……潜水艇内的温度达到摄氏

40多度,可是我却怕得全身发冷,一阵阵冒虚汗。15个小时后,攻击停止了,显然是那艘布雷舰在用光了所有的炸弹后开走了。

这15个小时,我感觉好像有1500万年。我过去的生活一一浮现在眼前,那些曾经让我烦忧过的无聊小事更是记得特别清晰——没钱买房子,没钱买汽车,没钱给妻子买好衣服,还有为了点芝麻小事和妻子吵架,还为额头上一个小疤发过愁……

可是,这些令人发愁的事,在深水炸弹威胁生命时,显得那么荒谬、渺小。我对自己发誓,如果我还有机会再看到太阳和星星的话,我永远不会再为这些小事忧愁了!

**情商点拨**

无论是衣服、房子还是汽车,这些生活的烦恼在面对生命时,都变成了毫不起眼的烦恼。生命是最大的天,所有的烦恼、快乐、幸福都在天空下产生,或享受或面对。让我们把心胸扩大一些,让烦恼变得越来越小,那我们容纳满足和幸福的空间就越来越大……

林夏

## 微笑值多少钱　◎张铁刚

学会微笑,我们就得到了一笔无形的财富,也给自己赢得了一只成功的砝码。

在《2006梦想中国》成都赛区选拔赛上,一位选手面对李咏、孙悦等三位近乎苛刻的评委面带微笑唱完歌曲之后,三位评委一致给出了直接通行证。她没有其他选手的激动、狂欢,而只是依旧面带微笑地平静地接过通行证。李咏问她,你知道我们为什么给你直接通行证吗?那位选手疑惑地摇了摇头。李咏说:"你从进场开始演唱一直到结束,始终面带着迷人的微笑,你的微笑让我们感觉到你对音乐的追求是平静的而非急躁的,纯洁的而非功利的,正是你的微笑让我们作出了这个决定。"

或许这位选手进不了成都赛区的前 3 强甚至前 20 强,但谁又能为这位面对音乐、面对生活始终带着微笑的选手估价,她的微笑已为她自身的价值增加了砝码。

有人问,微笑到底价值多少? 这个我无法回答。但当你面对生活中的每一件事,无论琐碎的还是重大的,平淡无奇的还是惊心动魄的,如果都能面带着微笑,你就会体会到,它不仅会带给你也会带给你身边的每一个人以无尽的价值。

**情商点拨**

虽然微笑只是一个简单的表情,但它却能推开一扇心灵的窗口。透过微笑这扇窗,展示出的是一个人平静的内心和从容的境界。学会微笑,我们就得到了一笔无形的财富,也给自己赢得了一只成功的砝码。在人生的旅途中,如果我们能够微笑地面对一切,人生将会变得更加美丽。

王鹤颖

第 7 辑

# 被人相信的幸福

　　当别人遇到困难的时候，第一时间想到的就是你，你会有怎样的感受呢？是的，人们如果给了你最大的信任，无疑，你是幸福的。这种信赖源于我们平时的一言一行，是长期积累下来的，厚积薄发的体现，这种日益建立起来的信任我们要好好珍惜。

# 一句话一辈子 ◎胡品福

他的老祖母颤巍巍地送他一程又一程，但路上只对他说了一句话："老老实实做人，规规矩矩做事。"

多年前，一个15岁的男孩来到杭州胡庆余堂当学徒。在去胡庆余堂的路上，他的小脚老祖母颤巍巍地送他一程又一程，但一路上只对他说了一句话："老老实实做人，规规矩矩做事。"男孩记住了这句话。

当学徒很辛苦，但是得到的报酬却很少，除了混饱自己的肚子外就所剩无几了。

有天凌晨，男孩在打扫卫生时发现地上躺着几枚钱币，面值大约相当于现在的5元钱。他很需要钱，在身边没有人的情况下，他完全有条件把钱占为己有，但他没有这样做，而是把钱捡起来，天明时交给了师傅。这样的事，后来发生过多次，每次师傅见他来交钱总是不置可否。

治咳嗽有一味药叫鲜竹沥，需要用火烤毛竹，以便蒸出其中的水分。这是一件细致活，几两鲜竹沥往往要在火旁蹲上个把时辰。男孩就老老实实地烤，一点一滴地收集，从来没有想过往鲜竹沥中掺点水。

如是按现在有些人的观点来看，这样的学徒成不了大器，他缺乏商人应有的灵活和世故。但他现在的身份是杭州某著名药厂的老总,他创出的品牌已热销了 20 多年。他靠的不是灵活,而是诚信和戒欺。

在谈到成功时,他多次提到他的祖母。他说当学徒那阵儿清早捡到的钱,都是师傅故意放在地上的,他知道原委已是多年之后。如果当时他把钱放到自己的口袋中,他的人生肯定会是另外的样子。

人们常说,人生的关键只有几步,其实,人生最关键的话也只有几句。

### 情商点拨

　　每一天我们的言行都在考验中度过,身边的每一个人都是我们的考官,他们会在那张叫"诚实"的考卷上给我们打分,答案最终留在各自的心里。如果我们能够在这场考验中胜出,就会得到最终的胜利。

○ 何川

## 不欺心不欺人　◎牟邵义

　　听完了船长激动的话语后,老铁匠很平静地说:"我只是本着良心,尽力做好我分内的事。"

地中海岸边有一个老铁匠,为人十分诚实。他说过的话没有一句虚假,他许下的诺言也从来没有不兑现的。这份诚实鲜明地体现在他做的活计上。他打造铁器的时候完全按照买主的要求,从不偷工减料。有时买主没有什么特殊的要求,他也会把铁器打得又好又结实。尤其是他打造的铁链,比任何一家做得都结实。有人说他太老实了,但他不管这些,工作起来总是一丝不苟。

有一次,他打造了一条巨链,打好后运去装在一艘大海船的甲板上,做了主锚的铁链。这艘航行远洋的巨轮多少年都没有机会用上它,直到有一天晚上,海上风暴骤起,风高浪急,随时有可能把船冲到礁石上撞个粉碎。船上其他铁锚都放下去了,但是一点都不管事,那些铁链就像是纸做的,禁不住风浪,全都断开了。最后船长下令:把主锚抛下海去。

这条巨链,第一次从船上滑到海里,全船的人都紧张地望着它,看看这条铁链受不受得住风浪,全船一千多名乘客的安全都得靠这条铁链了。要是那位老铁匠在打造这条铁链时稍微有些不尽心,只要在铁链的千百个铁环上,有任何一环出现问题,船就有在大海里沉没的危险。老铁匠打造这条铁链时和他打造其他无数条铁链时一样尽心尽力,用上了他全部的心智和力量,这条铁链终于经受住了风浪的考验。船保住了,一直到风浪过去,黎明来临。

这艘大海船的目的地正是老铁匠所在的海港。逃脱大难的船长亲自到老铁匠处表示谢意。听完了船长激动的话语后,老铁匠很平静地说:"我只是本着良心,尽力做好我分内的事。"

本着良心尽力做好分内的事,这句话太简单了,简单得让人无法再去挖掘什么更深的含义。每个人都有一份自己该做的事:医生分内的事是治病救人;教师分内的事是传道授业;商人分内的事是供给需求……但是,并不是所有的人都把这一份简简单单的分内的事做得很好。为什么在主锚下水之前会有那么多条铁链都断开了呢?

问题在于这句话所包含的两个更为简单的字:诚、信。

诚,不欺心——既然这一份是自己分内的事,就要本着自己的良心去做。黑了良心也就是骗了自己。信,不欺人——一人一份分内事,事关己,也关人。谁也不能关起房门做人。你欺人三斤米,人骗你五分利,不起什么占便宜的心,自然也就不会吃什么亏了。

同是打造一条铁链,老铁匠要挥汗如雨地干 30 天,别人只要轻轻松松干 15 天,乍看上去,自然是别人干得快,赚得多,老铁匠干得慢,赚得少了。可是,经过一场海上风浪后,谁还会去买那下水就断的铁链呢?

**情商点拨**

　　事实的真相只有一个,欺骗总是虚假的,就算是一时蒙蔽了他人的眼睛,但是总有一天会原形毕露。所以,真正能够长久吸引人的是内心,不欺人,不欺心,我们才能承受住生活中所有的考验与磨难,成长为强大的人。

何川

# 两元钱的奇迹　　▷雪凉凉

　　只要我的电脑有什么问题,要买什么耗材,我第一个想到的就是那个小伙子。

　　1994 年,我买第一台电脑的时候,珞瑜路的电脑城刚刚开始兴旺。那幢 8 层高的大楼底下 3 层全是密密麻麻的电脑公司,有的卖品牌机,有的卖兼容机,更多的,是一些卖耗材的小公司。

　　小公司小到放下一张电脑桌后,另外的空间就只能容两三个顾客同时站在那里,连转身都有些困难。那个小伙子也有一间这样的公司,他卖的是鼠标键盘这类的配件。

有一次,我在他那里买了一枚螺丝钉。

回家后,发现这个螺丝钉与螺丝孔不匹配,于是,又到电脑城去买。

因为没有带螺丝孔,我也说不清究竟想要什么样的螺丝钉,一再地解说之后,我和他都很茫然。"算了,我跟您去看一趟。"这个小伙子热情地说,好在我家就在附近的大学里,骑着自行车很快就到了。他仔细地看了我的主机、主板之后,从他的随身包里掏出一个螺丝钉说,应该是这种型号的。

一试,果然对得上。

那个螺丝钉只要2元,我付过钱,准备送他走。

这时候,小伙子又问我,"那你原来那个螺丝钉还有没有用?"

"没用了。"我说。

"请您把它给我吧,它对我还有用。"

好吧,物尽其用嘛,我把那个螺丝钉给了小伙子。小伙子把螺丝钉放进包里,再递给我2元钱。

"这是你的。"他笑着说。

"不用了。"我推让。

"不,这个钱是属于你的。"

我只好接过钱,以及那个小伙子随钱一起递过来的名片。

后来,只要我的电脑有什么问题,要买什么耗材,我第一个想到的就是那个小伙子。

从那2元钱起,我建立了对他的信任。出于一种直觉,我相信这个小伙子的生意会做大。

10年过去了,我家里的电脑从兼容机到品牌机再到笔记本电脑,换了好几代。那座电脑城也扩大了,珞瑜路成了电脑一条街,而那个小伙子在这里拥有了自己的两家电脑公司,当然是大得多的公司,他把他的弟弟及家人都从浙江带到了武汉,和他一起经营着事业。

而这一切在 10 年前那枚小小的螺丝钉里便看到了迹象。一枚小小的螺丝钉,见证了一个人的品性与成功。

**情商点拨**

人与人相处想要有安全感,就是要获得别人的信任。信任是背靠着背的两个人互相依赖着,支撑着,不会有任何一个人突然抽身离去。信任,是一种我们给予彼此真诚相待的奖赏。

○ 何　川

# 盗　马　◎盛　森／编译

"马可以归你,但我有个要求,"阿尔马蒙大声说,"别告诉人们你骗走千里马的方法。"

古时候,伊拉克有位国王,叫阿尔马蒙。他有匹千里马。一次,一个叫奥玛的商人路过巴格达,他看到阿尔马蒙的马,羡慕不已,提出用 10 个金币来换,但阿尔马蒙说就是给 100 个金币,他也不换。奥玛恼羞成怒,决定用诡计把千里马骗到手。

奥玛打探到阿尔马蒙每天独自遛马的路线,选了一个离城门最远、人迹罕至的地方,乔装成病重的流浪汉,躺在路旁。果然,善良的阿尔马蒙看到有人病倒路边,赶紧把他扶上千里马,打算带他进城治病。奥玛装作有气无力的样子指了指地上的包袱,阿尔马蒙把他的包袱拾起来,系在马背上。奥玛又指了指远处一根木棍儿,阿尔马蒙以为这是流浪汉的拐棍儿,忙转身去捡。可奥玛趁机夺过缰绳，纵马逃走了。

阿尔马蒙跟在马后面追了很久，终于跑不动了。奥玛知道奸计得逞，便想奚落奚落阿尔马蒙。他勒住马，得意洋洋地对阿尔马蒙说："你丢了千里马，连一个铜子儿也没得到，都是因为太慈悲了。你还有什么要说的？"

"马可以归你，但我有个要求，"阿尔马蒙大声说，"别告诉人们你骗走千里马的方法。"

奥玛哈哈大笑说："原来国王也怕别人嘲笑！"

"不，"阿尔马蒙喘着粗气回答，"我是担心人们听说这个骗局后，会怀疑昏倒在路边的人都是骗子、强盗。说不定哪一天，你我也会染疾，倒卧路边，那时，谁来帮助我们呢？"

听了这话，奥玛一声不响地掉转马头，奔回阿尔马蒙身边，含泪求他宽恕自己的罪过。阿尔马蒙不计前嫌，请奥玛回王宫，像贵宾一样招待他。两人结下深厚的友谊。奥玛后来成了伊拉克历史上最受爱戴的大法官之一。

**情商点拨**

社会是个大家庭，这个家庭有许许多多的人，有年长的有年幼的。因为彼此信任，才可以相亲相爱地生活在一起。作为这个家庭的一员，我们也有义务和责任给予别人信赖，用自己的行动换得他人的信赖。这样这个大家庭才会永远是温暖的，美好的。

何川

# 被人相信的幸福  ◉李培东

> 孩子,不是我救了你,而是你救了我啊!我为我在那一刻的犹豫而感到耻辱……

一艘货轮在大西洋上行驶。一个在船尾搞勤杂的黑人小孩不慎掉进了波涛滚滚的大西洋。孩子大喊救命,无奈风大浪急,船上的人谁也没有听见。

船越来越远,孩子力气也快用完,实在游不动了。放弃吧,他对自己说。这时候,他想起了老船长那张慈祥的脸和友善的眼神。不,船长知道我掉进海里后,一定会来救我的!想到这里,孩子鼓足勇气用生命最后的力量又朝前游去……

船长终于发现那黑人孩子失踪了,当他断定孩子是掉进海里后,下令返航,回去找。这时,有人规劝:“这么长时间了,就是没有被淹死,也让鲨鱼吃了……”船长犹豫了一下,还是决定回去找。又有人说:“为一个黑人孩子,值得吗?”船长大喝一声:“住嘴!”终于,在那孩子就要沉下去的最后一刻,船长赶到了,救起了孩子。

当孩子苏醒过来之后,跪在地上感谢船长的救命之恩时,船长扶起孩子问:“孩子,你怎么能坚持这么长时间?”孩子回答:“我知道您会来救我的,一定会的!”“你怎么知道我一定会来救你的?”“因为我知道您是那样的人!”

听到这里,白发苍苍的船长泪流满面:“孩子,不是我救了你,而是你救了我啊！我为我在那一刻的犹豫而感到耻辱……"

一个人能被他人相信是一种幸福。他人在绝望时想起你，相信你会给予拯救更是一种幸福。

 情商点拨

当别人遇到困难的时候，第一时间想到的就是你，你会有怎样的感受呢？是的，人们如果给了你最大的信任，无疑，你是幸福的。这种信赖源于我们平时的一言一行，是长期积累下来的，厚积薄发的体现，这种日益建立起来的信任我们要好好珍惜。

○ 何
川

# 一只小狗的职场启发 ○李 明

虽然你没有受过高等教育，本领也不大，可是，一颗诚挚的心就足以弥补你所有的缺陷。

小狗汤姆到处找工作，忙碌了好多天，却毫无所获。他垂头丧气地向妈妈诉苦说："我真是个一无是处的废物，没有一家公司肯要我。"

妈妈奇怪地问："那么，蜜蜂、蜘蛛、百灵鸟和猫呢？"

汤姆说："蜜蜂当了空姐，蜘蛛在搞网络，百灵鸟是音乐学院毕业的，所以当了歌星，猫是警官学校毕业的，所以当了保安。和他们不一样，我没有接受高等教育的经历和文凭。"

妈妈继续问道："还有马、绵羊、奶牛和母鸡呢？"

汤姆说："马能拉车，绵羊的毛是纺织服装的原材料，奶牛可以产

奶,母鸡会下蛋。和他们不一样,我是什么能力也没有。"

妈妈想了想,说:"你的确不是一匹能拉着战车飞奔的马,也不是一只会下蛋的鸡,可你不是废物,你是一只忠诚的狗。虽然你没有受过高等教育,本领也不大,可是,一颗诚挚的心就足以弥补你所有的缺陷。记住我的话,儿子,无论经历多少磨难,都要珍惜你那颗金子般的心,让它发出光来。"

汤姆听了妈妈的话,使劲地点点头。

在历尽艰辛之后,汤姆不仅找到了工作,而且当了行政部经理。

鹦鹉不服气,去找老板理论,说:"汤姆既不是名牌大学的毕业生,也不懂外语,凭什么给他那么高的职位呢?"

老板冷静地回答说:"很简单,因为他是一只忠诚的狗。"

**情商点拨**

忠诚是灵魂上的一种信仰,是博得他人信任的基石。忠诚于自己的学业,忠诚于自己的事业,其实就是对自己人生的忠诚。有了它,就会有很多无形的支撑,帮助我们顺利前进。

何川

# 没有人能独自成功 　◎李建文

整个世界几乎立即被他的杰作折服,把他那幅爱的贡品重新命名为《祈求的手》。

15世纪,在德国纽伦堡附近的一个小村子里住着一户人家,家里有18个孩子。光是为了糊口,一家之主、当金匠的父亲丢勒几乎每天都要干上 18 个小时——或者在他的作坊,或者替他的邻居打零工。

　　尽管家境如此困苦,但丢勒家年长的两兄弟都梦想当艺术家。不过他们很清楚,父亲在经济上绝无能力把他们中的任何一人送到纽伦堡的艺术学院去学习。

　　经过夜晚床头无数次的私议之后,他们最后议定掷硬币——输者要到附近的矿井下矿 4 年,用他的收入供给到纽伦堡上学的兄弟;而胜者则在纽伦堡就学四年,然后用他卖出的作品收入支持他的兄弟上学,如果必要的话,也得下矿挣钱。

　　在一个星期天做完礼拜后,他们掷了钱币。阿尔勃累喜特赢了,于是他离家到纽伦堡上学,而艾伯特则下到危险的矿井,以便在今后四年资助他的兄弟。阿尔勃累喜特在学院很快引起人们的关注,他的铜版画、木刻、油画远远超过了他的教授的成就。到毕业的时候,他的收入已经相当可观。

　　当年轻的画家回到他的村子时,全家人在草坪上祝贺他衣锦还乡。音乐和笑声伴随着这顿长长的值得纪念的会餐。吃完饭,阿尔勃累喜特从桌首荣誉席上起身向他亲爱的兄弟敬酒,因为他多年来的牺牲使自己得以实现理想。"现在,艾伯特,我受到祝福的兄弟,应该倒过来了。你可以去纽伦堡实现你的梦,而我应该照顾你了。"阿尔勃累喜特以这句话结束他的祝酒词。

　　大家都把企盼的目光转向餐桌的另一端,艾伯特坐在那里,泪水从他苍白的脸颊流下,他连连摇着低下去的头,呜咽着再三重复:"不……不……不……"

　　最后,艾伯特起身擦干脸上的泪水,低头瞥了瞥长桌前那些他挚爱的面孔,把手举到额前,柔声地说:"不,兄弟。我不能去纽伦堡了。这对我来说已经太迟了。看……看一看四年的矿工生活使我的手发生了多大的变化!每根指骨都至少遭到一次骨折,而且近来我的右手被关节炎折磨得甚至不能握住酒杯来回敬你的祝词,更不要说用笔、用画刷在羊皮纸或者画布上画出精致的线条。不,兄弟……对我来讲这太迟了。"

为了报答艾伯特所做的牺牲,阿尔勃累喜特苦心画下了他兄弟那双饱经磨难的手,细细的手指伸向天空。他把这幅动人心弦的画简单地命名为《手》,整个世界几乎立即被他的杰作折服,把他那幅爱的贡品重新命名为《祈求的手》。

当你看见这幅动人的作品时,请多花一秒钟看一看。它会提醒你,没有人——永远也不会有人能独自取得成功。

### 情商点拨

寒冷的季节,一个人在风雪中很快就会被冻死,但是一群人相拥在一起就会觉得温暖——在这个世界上只有我们自己,恐怕连生存下去都很难,更别说成功了。一个人是不可能把所有的事情全部做完的,能够生存在这个世界上,是因为我们都互相依靠着。

何川

## 吃 葡 萄 　○邵 健

有了这一次,谁还会跟你合吃葡萄呢?你整天抱怨自己缺少朋友,却不知道这正是最根本的原因!

张三和李四两个人吃葡萄。吃着吃着,张三就发现了一个有趣的现象,饶有兴趣地对李四说:"我们俩性格相差很大呀。"

李四不明白："何以见得呢？"

张三指着面前的葡萄说："从吃葡萄的方式上能看出来：每次我都摘最大的吃；而你，每次都摘最小的吃。"

李四瞅瞅桌上，果然，张三吃的时候，都是拣最大的吃。而李四，都是拣最小的吃。

李四说："这叫个性。"

张三说："瞧我，每次吃的都是最好的一颗。而你，每次都是吃最差的一颗。看来，你不懂享受生活啊。"

李四笑了："是吗？我看真正不懂得享受生活的是你。不错，每次你吃到的都是最好的一颗，可是反过来想想，你吃的葡萄是越来越酸，直到最后吃不下去了，心情就越来越糟糕。而我吃的葡萄越来越甜，心情也会越来越好的。"

张三说："你说的是分吃葡萄的情景。假如我们合吃葡萄，我不就占尽大便宜了？"

李四笑着叹了口气说："这样更显出你的可悲啊，有了这一次，谁还会跟你合吃葡萄呢？你整天抱怨自己缺少朋友，却不知道这正是最根本的原因！"

**情商点拨**

我们每天都在分享阳光，每天都在分享雨露，每天都在分享着别人的快乐和希望。要懂得和别人分享，别人才会在快乐的时候与我们共享，在我们痛苦的时候与我们分担。

何川

# 鸽子们的阴谋  （日）星新一

鸽子想煽动驯顺的大象起来闹事，这样一来，蒙受更大屈辱的就是大象而不是自己了。

某动物园里养着一头大象。它的近旁，不知从什么时候起，有一群鸽子安了家。这是有原因的。游客们扔给大象的食物，只要能分一点余惠，鸽子们就可以不劳而获地吃个饱。

鸽子们的生活的确轻松愉快，在无谓的闲谈中送走一天又一天。但是由于闲得无聊，一般的话题也都谈腻了，于是议论渐渐激烈起来。

"大象这家伙，我真是打从心眼里讨厌它。"

"说得对。那个大块头，骄傲得不得了，眼里好像根本没有咱们。"

鸽子们发泄着怨气。这怨气本来是出自靠大象的余惠度日的屈辱感，但是谁也不想承认，谁也不说。它们除了说大象几句坏话外，别无良策。

"我们一拥而上，用嘴叼它怎么样？只要我们团结一致来个突然袭击，一定会胜利。"

一只心浮气躁的鸽子兴奋地叫起来，别的鸽子却反对这么做。

"那么硬干不好，要想一个更狠毒更巧妙的办法治它一下。"

于是鸽子们商量起办法来。世上再没有比策划阴谋更令人兴奋的事了。接连几天，鸽子们都专心致志地定计策。不久，妙计终

于想出来了。鸽子代表凑到大象跟前,装出一本正经的样子说:

"伟大的象先生,只有你才是动物之王吧!"

"是吗? 谢谢!"

"尽管如此,可是你只满足于人类的喂养,不觉得可耻吗?"

"这些事我连想也没想过。经你这么一说,我觉得也有道理。"

"现在你应该觉醒,起来斗争。你比人个头大,力气强,脑袋大,还有长鼻子,怎么也不会输。应该叫人类知道你的厉害。"

鸽子想煽动驯顺的大象起来闹事,然后看着大象怎样被人类制伏,借以取乐。这样一来,蒙受更大屈辱的就是大象而不是自己了。

但是,这里有一点估计错了:大象比预想的更听话。它认真地考虑了鸽子的意见,头脑清晰了,浑身充满了力量。于是它撞毁了栅栏,跑到街上去横冲直撞,把眼睛看到的、鼻子碰到的东西全给破坏了。一直到挨了几发子弹,一命呜呼才罢休。

这样一来,鸽子们长期的屈辱生活算是结束了,这是值得庆贺的。可是鸽子们在生存竞争十分激烈的其他地方却难以生活。不到几天,就因为饥饿而悲惨地死掉了。

**情商点拨**

很多事情我们都是互相依赖,或者说依赖别人才能够得到便利的,所以只有相互合作才能取得成功。两个人的力量始终大于一个人的力量,学会和别人合作,相互取长补短,会让事情变得简单。就像一台精密的仪器,每个部件,只有合在一起才能完美地运作。

何川

# 群体的力量　◎王　悦

　　置身于群体之中,你有了归属感,内心立刻变得强大有力。

　　一个人开车在乡间迷了路,他边开车边查看地图,结果一下子把车驶离了狭窄的乡间小路。他本人虽然没有受伤,但小轿车却深深地陷在沟中的淤泥里了。幸好不远处就有农舍,这个人赶去求援。

　　走进农舍的小院后,他才发现这户人家很贫寒,没有任何现代化的农具,棚子里唯一的牲口是头衰老的骡子。开车人本来以为农舍的主人会说,这骡子太瘦弱不能帮忙。但听到他的困难后,农夫爽快地指着那头老骡子说:"没问题,老黑可以把你的车拉出来!"

　　开车人看了看憔悴的骡子,犹豫地问:"你确定它能行? 这附近可有其他住户?""这附近只有我一家人。别担心,老黑能胜任。"农夫自信地从马圈里牵出骡子。开车人也没有别的办法,只好带着农夫和骡子来到壕沟边。

　　农夫把绳子的一端固定在汽车上,另一端固定在骡子身上。农夫一边在空中把鞭子抽得啪啪响,一边大声吆喝:"拉啊,四眼!拉啊,大龙!拉啊,小白!拉啊,老黑!"没多一会儿,小轿车就被老黑毫不吃力地拉了出来。

　　开车人又惊又喜。再三谢过农夫后,他忍不住问:"你赶老黑的时候,为什么要装作还赶着其他骡子的样子? 你喊老黑之前,为什么还喊了那么多别的名字呢？"

农夫拍了拍老骡子，笑着说："我喊的那些名字都是我原来的骡子，它们以前都和老黑一起拉过车。虽然其他骡子已经不在了，但老黑是头瞎骡子，只要它以为自己在伙伴之中，有朋友帮忙，干活就特别有劲，连年轻力壮的骡子都比不过它。"

群体的力量真是神奇！孤立无援时，沮丧使你变得脆弱和无助；然而，置身于群体之中，你有了归属感，内心立刻变得强大有力。

**情商点拨**

　　一个人的能力是有限的，集体的力量却是无穷的，群体感可以给人带来无形的力量。在集体中，你会充满自信，做起任何事来都会满怀希望。

何
川

# 王后花园里的樱桃树 ◎杨横波

> 她发现花园里仅有的几棵樱桃树枯死了，树枝光秃秃的，连一个果子都没剩下。

　　花匠老了，他种了一辈子花儿。他的花园里什么都有，但就是缺一棵樱桃树。

　　在这个国家，樱桃树是稀有的，只有王后的花园里才有几棵。

　　因此，他写信给王后，请求她开恩赐他一些樱桃树的种子。

　　王后写了回信，派一名信使送到花匠的住处。

　　王后在信中说：樱桃树的种子不能轻易给予，因为种植它们花费的代价很大。

如果花匠一定想要的话,可以自己来取,但必须靠自身的智慧。在信里头,她避免了可能对老人造成伤害的措辞。

花匠一筹莫展,他想不出有什么办法能取得樱桃树的种子。他日思夜想,没有心思照看园中的花草,花园一天天地荒芜了。最后,他拿起笔,给王后写了第二封信。

"我是个老人,已经风烛残年。看那些花儿生长,衰老,然后死去,我心满意足。在死神带我离开这人世之前,我还需要一棵樱桃树。对我来说,樱桃树就像是我从未见过的上帝一样。据说,它们环绕在天国宝座的四周。"

过了不久,他接到王后的复信。

"您一生种过各种花木,在您的花园里少一棵樱桃树,确实是一个遗憾。但您有那么多花儿,没有樱桃树,也算不了什么。人总是要有点遗憾的——我相信,上帝给人的是平等的。而您,是个幸福的花匠。"

几个月后,王后差不多已经忘记了这回事儿。信使却从乡间带回了花匠的第三封信。

"正像尊贵的王后所说的,留下一个遗憾,人生或许会更美一些。上个月,我到您的花园去了。遵照我们的约定,我没有走进花园。当然也无法看到樱桃树。不过,我能想象一棵樱桃树的样子,它在我的头脑里扎根了。

"您收到这封信时,我也许已经死了。在此,向尊贵的王后陛下告别。我希望去的是一个有樱桃树的地方。"

那天下午晚些时候,王后疲倦地走进花园。她发现花园里仅有的几棵樱桃树枯死了,树枝光秃秃的,连一个果子都没剩下。

"我有樱桃树,却没有像他那样的花匠。"

何川

"赠人玫瑰，手有余香"，我们珍爱的东西拿出来与大家一起分享，这样它才能被更多的人所喜欢，它才更有价值。如果只是一个人独自拥有，而得不到大家的欣赏和赞美，那么它的存在就没有一点意义了。想要拥有加倍的快乐，那就是让更多的人与你分享快乐吧。

# 两只螃蟹跑不掉
张 霖

竞争面前固然不必讲什么谦让，但竞争的规则却不容随意践踏。

抓螃蟹的渔民往往会带个头小肚子大的竹篓。捉到第一只螃蟹后，他们会把盖子盖严，以防止螃蟹跑掉。捉到第二只螃蟹后，渔民就不再盖盖子了。

这是为什么？原来当有两只以上的螃蟹时，每一只都争先恐后地朝出口处拥去。但是，竹篓的口很窄，只能允许一只螃蟹通过，于是当一只螃蟹爬到篓口时，其余的螃蟹就会用那同样威猛的大钳子抓住它，最终把它拖到下层，由另一只强大的螃蟹踩着它往上爬。尽管篓口一直敞开着，但却没有一只螃蟹能够幸运地脱离牢笼。

这个故事告诉我们：竞争面前固然不必讲什么谦让，但竞争的规则却不容随意践踏。如果破坏了共同遵守的规则，有序变成了无序，竞争变成了乱争，那么在无规则的混乱状态下，每一个个体都会面对来自四面八方的不择手段的攻击,就会出现如螃蟹一样苦苦挣扎到篓口却又再度被拖回深渊的状况。

规则是约束,更是保护。

情商点拨

我们过马路的时候,只有遵守交通规则,才能够更快更加安全地通过。正如我们人生之中避免不了的竞争,只有遵守了竞争的"规则"才是良性竞争,才能够让大家一起进步。

一个人能被他人相信是一种
幸福。他人在绝望时想起你，相信
你会给予拯救更是一种幸福。

第 *8* 辑

## 做你不喜欢做的事

　　每个人都会期盼着去做自己喜欢的事情，而对不喜欢的避而远之。特别是有很多对我们有好处，而我们却不感兴趣的，如晨跑，开始都是不舍得离开温暖的被窝的，到后来为什么会有那么多人感兴趣了呢？答案就是"克己自律"。只要你坚持一个月，就会让你从厌恶到渴望，再坚持下去就成为你生活中自然而然的习惯了。克己自律，你想做的每件事情都能做得到。

## 内心的羁绊

◉尹玉生／编译

很多时候，我们踌躇不前，并非因为外界的阻挡，而是受到了内心的羁绊。

一个猎手非常喜欢在冬天打猎。这天，天气异常寒冷，猎手取出他的猎枪，穿戴得严严实实，准备到几十里外的乡下去。如果足够幸运，能够捕到一只鹿的话，那么这个冬天就不用发愁了。在他到达乡间野地不久，他就惊喜地发现了鹿留下的痕迹。猎手压抑不住内心强烈的追捕欲望，未做片刻停留，立即跟踪着鹿的痕迹，向鹿逃离的方向追去。

不久，在鹿留下的痕迹的引导下，猎手来 到了一条结冰的河流跟前。这是一条相当宽阔的河流，河面完全被冰所覆盖。猎手无法判定，冰能否承受得住他的体重，虽然冰面上明显地留下了鹿走过的踪迹，但猎手不知道这只鹿是大鹿还是小鹿。尽管冰面能够承受得住一只鹿，但能否承受得了一个人，猎手并没有一点把握。最终捕鹿的强烈愿望，使猎手决定，涉险跨过河流。

猎手用他的双手和膝盖，开始小心翼翼地在冰面上爬行起来。当他爬行到将近一半的时候，他的想象力开始空前活跃起来。他似乎听到了冰面裂开的声音，他觉得随时都有可能跌落下去。在这个寒风凛冽的日子，在这人迹罕至的荒郊野外，一旦跌入冰下，除了死亡，不会有第二种可能。巨大的恐惧向猎手袭来，鹿已经引不起他的兴趣,现在,他只想返回去,回到安全的岸边。但他已经爬行得太远了,无论是爬到对岸还是返回去,都危险重重。他的心在惊恐紧张中怦怦地跳个不停,猎手趴在冰面上瑟瑟发抖,进退两难。

就在此时,猎手听到了一阵可怕的嘈杂声。当他心惊肉跳地向前望过去,他看到,一个农夫驾着一辆满载货物的马车,正悠然地驶过冰面。当农夫看到匍匐在冰面上、满脸惊恐不安的猎手时,农夫一脸的莫名其妙,以为遇到了一个受到惊吓的疯子。

很多时候,我们踟蹰不前,并非因为外界的阻挡,而是受到了内心的羁绊。

**情商点拨**

当我们面对困难时应该先调整好自己的心态,恐惧只会阻碍我们的前进。在作每一个决定时我们都要先了解情况,然后勇敢地向前冲,因为有的决定没有退路,那我们何不放开自己,勇敢一点呢? 不被自己的心"绑"住,才有成功的可能。

何 川

# 落在主球上的苍蝇　◎ 廖 钧

当你的主球飞速奔向既定目标的时候,那只苍蝇就会不用你赶自己飞走的。

1965 年 9 月 7 日,世界台球冠军争夺赛在美国纽约举行。路易斯·福克斯的得分一路遥遥领先,只要再得几分便可稳拿冠军了,就在这个时候,他发现一只苍蝇落在主球上,便挥手将苍蝇赶走了。可是,当他俯身击球的时候,那只苍蝇又飞回到主球上来了,他在观众的笑声中再一次起身驱赶苍蝇。这只讨厌的苍蝇开始破坏他的情绪,而且更为糟糕的是,苍蝇好像是有意跟他作对,他一回到球台,它就又飞回到主球上来,引得周围的观众哈哈大笑。路易斯·福克斯的情绪恶劣到了极点,终于失去理智,愤怒地用球杆去击打苍蝇,球杆碰动了主球,裁判判他击球,他因此失去了一轮机会。此后的比赛中,路易斯·福克斯方寸大乱,连连失利,而他的对手约翰·迪瑞则愈战愈勇,赶上并且超过他,最后夺走了冠军的桂冠。第二天早上,人们在河里发现了路易斯·福克斯的尸体,他投河自杀了!

一只小小的苍蝇,竟然击倒了所向无敌的世界冠军!这是一件不该发生的事情。其实,路易斯·福克斯完全可以采取另一种做法,那就是:击你的球,不要理它。当你的主球飞速奔向既定目标的时候,那只苍蝇还站得住吗?它肯定不撵自走,飞得无影无踪了。

在我们的生活中,也常常能见到这样的苍蝇:当你几经奔波,终于找到了一份工作,可以充分施展你的聪明才智的时候,却突然发现,你的工资比别人少了几块钱;当你领导的一项改革计划被社会实践证明是有益的而且正在节节推进的时候,却突然听到人群里有几声闲言碎语;当你和你的妻子携手建起了美好家园甜甜蜜蜜共度人生的时候,你们之间发生了一点小小的不愉快……于是,有人为那几块钱而耿耿于怀闷闷不乐,甚至想到消极怠工想到辞职不干;有人放下了该干的事情把精力用去对付闲言碎语;有人为一点小小的不快而纠缠不清甚至越闹越大……这些人的心态和做法跟路易斯·福克斯没有什么两样,盯住芝麻忘了西瓜,事情的结果肯定不妙。

于是我想,重温一下路易斯·福克斯的教训是有益的。当苍蝇落在你的主球上的时候,不要理它,一门心思击你的球吧!当你的主球飞速奔向既定目标的时候,那只苍蝇就会不用你赶自己飞走的。

 情商点拨

◎ 何 川

　　想想自己最重要的是什么,先把最重要的解决了,那些次要的可能自然而然地就烟消云散了,不要像路易斯·福克斯那样,因为一只小小的苍蝇失去了自己的目标。盯住自己的目标,不要被外界所影响,它比起你的目标真的不值一提。因此,不要因为一只"苍蝇",忘记自己的"目标球"啊!

# 先把泥点晾干　◎王　悦

　　在适当的场合,向正确的对象,在合适的时刻,使用恰当的方式,因为公正的理由而发脾气。

　　读研究生时,我的导师吉纳也经常告诫我们,不要一时冲动,成了情绪的奴隶。有一年圣诞节,她送给我的礼物是一只咖啡杯,上面印着亚里士多德的一句名言:"发脾气是值得赞扬的,如果你能做到:在适当的场合,向正确的对象,在合适的时刻,使用恰当的方式,因为公正的理由而发脾气。"

　　毕业后的一个雨天,我回系里探望吉纳教授。正赶上一名学生有急事要请教她,吉纳让我在外面的小客厅等她一会儿。小客厅和吉纳的办公室只隔了薄薄一道装饰墙,屋里的对话不时传进我的耳朵。那位同学声音激动。原来其他实验室的另一名研究生出言不

逊,当众讽刺他理论过时、见解平庸,令他大为恼火。他不知道是该直接找那个学生论个明白,还是应该找对方的教授评理。他这次来,就是要征求吉纳的意见。

"年轻人,"我听见吉纳教授慢条斯理地说,"有时候,别人的言行是很难理解的。如果你不介意,让我给你一个小建议。批评和侮辱,跟泥巴没什么两样。你看,我大衣上的泥点,就是今早过马路时溅上的。如果我当时立即去抹,一定会搞得一团糟。所以我把大衣挂到一边,专心干别的事,等泥巴晾干了再去处理它,就非常容易了。瞧,轻轻掸几下就没事了。"

教授的处世智慧令人叹服。那个聪明的学生也顿时醒悟,连连道谢。吉纳最后说:"我年轻时不善于控制情绪,深受其害。慢慢地我发现,最好的办法是先把让我恼火的事搁在一边,晾一会儿,等我冷静下来后,再去对付它们。如果你现在就去质问他,你会更生气,矛盾会更严重。我建议你等情绪的水分都蒸发掉了,再来想这件事。到那时,如果你还打算讨伐他,请再来找我。不过晾干水分后,你也许会发现那泥点也淡得找不到了!"

**情商点拨**

　　在我们与人相处的过程中,难免会发生冲突和摩擦,及时地控制好自己的情绪,冷静客观地应对,无疑都是我们需要学习的智慧。试着把泥点晾干,不但能给自己留下一个缓冲的空间,让自己更加理智地去面对一切,更能化解双方的矛盾,得到一个完美的结局。

王鹤颖

# 死于胜利的鲸　◎牟丕志

青年鲸想，如果要从海洋中选世界上最愚蠢的鱼，那么非沙丁鱼莫属了。

一头青年鲸在海洋中悠闲地游着，大大小小的鱼都躲避它，纷纷逃命。它很得意，也很自信。鲸是海洋中的霸主，它拥有巨大的身躯，游动起来如排山倒海一般，强大无比，威风极了。鲸饿了就去找鱼群，当它接近鱼群时，鱼们还不知怎么回事，就连海水一同被鲸吞到嘴里。鲸将海水吐掉，却将鱼们咽到肚子里。有时，鲸吃饱了，也喜欢追逐鱼群，看它们狼狈逃命的样子。

沙丁鱼是青年鲸爱吃的鱼。沙丁鱼常常被它成群结队地吞进腹中，青年鲸已严重威胁着沙丁鱼的生存。沙丁鱼中的一位智者决定除掉这头可恨的鲸。可是，沙丁鱼要杀死鲸，那不是白日做梦吗？但这个沙丁鱼中的智者自有它的想法。

于是，它组织一群群沙丁鱼向这条青年鲸冲击。青年鲸感到很好笑，这同送食物有什么两样？于是，面对纷纷冲上来的沙丁鱼，它不紧不慢地张开大嘴，将一群群沙丁鱼尽收口中。事情显而易见，胜利者百分之百是鲸。一天又一天过去了，沙丁鱼总是以失败而告终，而青年鲸总是以胜利结束战斗。每次取得胜利，青年鲸都十分兴奋，它总是兴致勃勃地追逐沙丁鱼的残兵败将，将它们一一收入口中。在一次又一次的胜利中，它体味着胜利者的喜悦和自豪。

有时,青年鲸想,沙丁鱼这样同自己决战,实在是太愚蠢了,如果要从海洋中选世界上最愚蠢的鱼,那么非沙丁鱼莫属了。

一天,又一大批沙丁鱼向青年鲸发起了挑战,青年鲸一张口就将它们消灭了大半,剩下的一小部分狼狈逃窜。青年鲸来了兴致,心想,你们哪有我跑得快,一个也别想逃命。于是,它尾随在后一口一口地吃掉沙丁鱼。沙丁鱼越来越少,但仍然有一些沙丁鱼试图逃过青年鲸的追杀。青年鲸决定乘胜追击到底,将它们彻底消灭干净。

青年鲸忘了追出了有多远,正当它要张口吞下最后一群沙丁鱼时,忽然发觉自己的肚皮已经触到了浅水滩的沙子。它知道这很危险,可是,由于用力过猛,它此时已经无力控制自己的身体。只见它的巨大身躯一下子冲上了沙滩,再想抽身返回,可是来不及了。它搁浅了,它挣扎着,不久就无奈地死去了。这是一头死于胜利的鲸。

### 情商点拨

面对胜利我们要学会适可而止,不然容易乐极生悲。胜利总是一时的,没有人永远是失败者,也没有人永远是胜利者。当我们胜利的时候,要克制住自己内心的狂喜,冷静地分析原因,避免被胜利冲昏了头脑。这样才能够让胜利经常光临,不然成功只是昙花一现。

王鹤颖

# 关 键 时 刻 ◎刘俊成／编译

想成为一个真正的大师,不但要有高超的技法,更要有成熟的内心。

　　从前有个年轻人,箭射得非常好,他可以很随意地把一支箭射到远处的树上,然后再用另一支箭将它劈成两半。于是,他骄傲起来,到处吹嘘他已经超过了自己的师父。

　　一天,年轻人的师父,一位德高望重、武艺非凡的老者,要年轻人陪他到附近的山上旅行。

　　旅途平淡无奇,后来他们走到一道裂谷边。裂谷很深,下面是湍急的河水,只有一根圆木跨在裂谷两边。师父走到圆木中央,挽弓搭箭,一箭正中远处一棵树的中心,紧接着又是一箭,将树上的箭劈成两半。

　　"现在该你了。"师父说完便走到了年轻人的身旁。年轻人小心翼翼地走到圆木中央,仿佛心都要从嘴里跳出来了。他知道,如果失足,等待他的将是死亡。他颤抖着搭起一支箭,但是却发现,他根本无法把注意力集中到目标上。"嗖"的一声,箭射了出去,但连树的影子都没沾到,这时,年轻人觉得天旋地转,不禁哭了起来。

　　"师父救命!"他大声呼喊着。关键时刻,老者快步走上前去,一把抓住了年轻人的手,一步一步地把他带到了安全的地方。

　　在回家的路上,谁都没有说话,但是年轻人想了很多。他认识到,要想成为一个真正的大师,不但要有高超的技法,更要有成熟的内心。

何川

**情商点拨**

要成为真正的"神射手",不光是技术上要高超,心态上也必须成熟。心态成熟了,无论在什么条件下都能战胜自己,就像我们的人生,不仅仅是在和命运进行力量和智慧的较量,更在于我们自身强大的内心力量。内心强大了,我们才能够应付那些外界的干扰,心无旁骛地向自己的目标前进。

# 镇 静 如 花　○丁立梅

那个女人是智慧的,若是她当场大嚷大叫,势必引起一片惊慌。

歹徒冲进教室的时候,老师正在给一群7岁的孩子上课。孩子们柔嫩的小脸儿,像朵朵盛开的葵花。窗外阳光明媚,世界安宁。

歹徒出人意料地冲进来了,就近抓住一个男孩,从身后抽出一把明晃晃的刀来,大吼道,不许乱动!讲台前的老师稍一愣,随即明白了,他们被歹徒当做人质劫持了。

教室里有了小小的惊慌。老师的脸上,却现出微笑来,明亮如灯,照亮孩子们的心。她的眼光一一扫过孩子们可爱的脸,而后温柔地说,同学们不要怕,这是在拍《小鬼当家》呢。

是拍戏呀,孩子们立即兴奋起来,原先的惊慌一扫而空。

老师转而语气平缓地跟歹徒讲条件,可不可以用她替换下他手上的那个孩子？歹徒想想，没同意。老师又提第二个条件，可不可以让其他的孩子出去？歹徒沉默良久，同意了。

于是老师让孩子们排好队，手拉手地出教室。整个过程中，没有任何的吵嚷，没有任何的混乱，孩子们很听话很安静地配合着，以为真的是在拍《小鬼当家》的戏。争取到时间的老师报了警。警察迅速包围了学校，一切都在静静中进行着。

两小时后，歹徒被擒，被抓住当人质的孩子安然无恙。当那个孩子从人质那儿被解救出来时，他的神态是轻松的，甚至是快乐的。他一直以为是在拍戏，离开歹徒时，他还天真地安慰那个歹徒："叔叔，我不怕拍戏，你也不要怕。"

一场隐伏的悲剧，就这样被那个老师的镇静，消灭于无形之中。更可贵的是，她用她的镇静，最大限度地保护了可爱的童心，她让它们继续无忧地如花盛开。窗外，春光依旧明媚，世界依旧安宁。

这让我忆起多年前看过的一个外国故事，跟这件事真的有异曲同工之处。故事里讲：一户人家在晚上宴请宾客。席间，宾主吃得正欢，突然，女主人觉得她裸露的脚背上，有凉凉的东西袭过。她心里一惊，预料到碰上麻烦了，她整个身子保持不动，只稍稍转动了一下头，往下看去，她看到一条毒蛇，正爬上她的脚背。她不动声色地坐着，继续与宾客举杯说笑，只是吩咐用人，在大门口放上一碗牛奶什么的，她想把蛇吸引过去。她感到像过了一个世纪那么长，她脚背上的蛇，才缓缓离开她的脚，向大门口爬去，而此时，宾客中没有一个人知道桌底下的那场惊心动魄，桌上的气氛依旧很热闹很祥和。

那个女人是智慧的，若是她当场大嚷大叫，势必引起一片惊慌。受惊的蛇给受惊的人带来的伤害将无可避免。但是，她用她的镇静，消融了这场伤害。我猜想着，在那场惊险中，那个女人脸上努力维持的笑容，一定美丽如花，直抵人的灵魂。

在泥沼里，越挣扎往往会越深陷而不可自拔。危难和惊险降临的时候，最需要的是我们的冷静，这样才能够从容应对突如其来的变故。只有冷静的思考才能够促使我们解决问题和危机，惊慌和骚动会让仅有的希望也离我们而去。

何川

# 生气的骆驼 ◎凡 夫

临死前，这个庞然大物追悔莫及地叹道："我为什么跟一块小小的碎玻璃生气呢？"

一只骆驼在沙漠里跋涉着。正午的太阳像一个大火球，晒得它又饿又渴，焦躁万分，一肚子火不知道该往哪儿发才好。

正在这时，一块玻璃瓶的碎片把它的脚掌硌了一下。疲累的骆驼顿时火冒三丈，抬起脚狠狠地将碎片踢了出去，却不小心将脚掌划开了一道深深的口子，鲜血顿时染红了沙粒，升腾起一股烟尘。

生气的骆驼一瘸一拐地走着，一路的血迹引来了空中的秃鹫。它们叫着在骆驼上方的天空中盘旋着。骆驼心里一惊，不顾伤势狂奔起来，在沙漠上留下一条长长的血痕。跑到沙漠边缘时，浓重的血腥味引来了附近沙漠里的狼，疲惫加之流血过多，无力的骆驼只得像只无头苍蝇般东奔西突，仓皇中跑到了一处食人蚁的巢穴附近，鲜血的腥味儿惹得食人蚁倾巢而出，黑压压地向骆驼扑过去。一眨眼，就像一块黑色的毯子一样把骆驼裹了个严严实实。不一会儿,可怜的骆驼就鲜血淋漓地倒在了地上。

临死前,这个庞然大物追悔莫及地叹道:"我为什么跟一块小小的碎玻璃生气呢?"

 情商点拨

当情绪不好而不加以控制的时候,人很容易失态,更容易犯错误,文中的骆驼就是这样,因为跟小碎片较劲而使不幸和麻烦接二连三地到来,最后丢了自己的性命,这真是太得不偿失了。所以在生活中我们一定要学会控制自己的情绪,绕过每一道障碍,乐观向上的心情也会使自己生活得更加快乐。

## 沉默是8万美元 ◎中原渔人

爱迪生对她妻子米娜开玩笑说没想到晚说了一会儿就赚了8万美元。

美国大发明家爱迪生发明了自动发报机之后,他想卖掉这项发明以及制造技术,然后建造一个实验室。因为不熟悉市场行情,不知道能卖多少钱,爱迪生便与夫人米娜商量。米娜也不知道这项技术究竟能值多少钱,她一咬牙,发狠心地说:"要2万美元吧,你想想看,一个实验室建造下来,至少要2万美元。"爱迪生笑着说:"2万美元,太多了吧?"米娜见爱迪生一副犹豫不决的样子,说:"我看能行,要不然,你卖时先套套商人的口气,让他先开价,再说。"

当时,爱迪生已经是一位小有名气的发明家了,美国一位商人,听说这件事情后愿意买爱迪生的自动发报机发明制造技术。在商

谈时,这位商人问到价钱。因为爱迪生一直认为要2万美元太高了,不好意思开口,于是只好沉默不语。

这位商人几次追问,爱迪生始终不好意思说出口,正好他的爱人米娜上班没有回来,爱迪生甚至想等到米娜回来再说吧。最后商人终于耐不住了,说:"那我先开个价吧,10万美元,怎么样?"

这个价格非常出乎爱迪生的意料,爱迪生大喜过望,当场不假思索地和商人拍板成交。后来,爱迪生对她妻子米娜开玩笑说没想到晚说了一会儿就赚了8万美元。

是啊,我们总是不愿意在接受别人批评的时候保持沉默,不愿意让对方把要说的内容说完,事实上在我们人生的很多关口,譬如面对一个自我赞扬的环境,面对一个据理力争的争论,面对一个强词夺理的上司等,沉默虽然不会创造爱迪生的8万美元,但它同样会让我们看到刹那间的前程和退路,沉默可以给对方和自己都留余地,沉默甚至可以挽救我们。

**情商点拨**

面对我们没有信心把握的事情,如果为了急于表现而去发言,会显得非常愚蠢,有时也会伤害到别人。因此,恰当的沉默,是对别人的尊重,是以退为进的取舍,也是一种智者的风度。所以,先学会倾听,再选择用语言去应和吧。

何川

# 没见过这么美的牛奶海洋 ◎农先安

> 以一种不慌不乱、心平气和的心态来面对错误,让错误时刻成为我们的"警钟",而不是"阴影"。

美国有位医药发明家,小时候很喜欢喝牛奶。有一次他打开冰箱,拿大罐的牛奶,结果没拿稳,手一松,就把牛奶打翻了。

他害怕地缩在墙角,因为牛奶洒了一地,他担心会挨骂。当妈妈听到声音走过来后,并未如想象中的生气,而是温和地说:"你好厉害,妈妈长这么大,都没有看过这么漂亮的牛奶海洋。你愿不愿意跟妈妈一起把这里打扫干净?"母子俩于是挽起衣袖,将厨房打扫得很干净。这时,妈妈又把儿子先前打翻的塑料牛奶罐装满了水,放进冰箱,然后教他怎么拿才不会打翻。

当年打翻牛奶的孩子如今已长大成人,是个具有信心和勇气,敢于不断尝试的发明家。

心理学家说:"当一个错误已经发生、覆水难收的时候,发再大的脾气,也是于事无补,而且,愤怒可能会带来更多的错误。我们在生活中,当错误已是既成的事实时,就必须勇敢面对、勇敢承担;歇斯底里地发脾气,不仅使别人遭殃,也使自己受到更大的伤害。"

一个人的情绪和心境好坏与否是会影响未来的。与人相处或工作当中,遇到不平衡或不愉快时,倘若我们以愤怒的情绪来处理问题,往往让事情朝更不理想的方向发展,有可能让彼此间的关系毁于一旦。相反的,假如我们心平气和地来面对,如同那位医药发明家的母亲一样,用"正面思考"的方式来处理,不但能解除彼此间的尴尬与不愉快,也能让事情在圆满中获得有效的解决。

**情商点拨**

人生在世,哪有不犯错的时候呢,如果我们对一个小错误纠缠不休,只会使事情变得越来越糟糕,同时也对犯错误的人造成心理上的影响。我们要以一种不慌不乱、心平气和的心态来面对错误,让错误时刻成为我们的"警钟",而不是"阴影"。

何川

# 老天要我休息一下 ○英涛

挫折或意外有时候真的就是老天爷特意留给你调整心态的机会。

从小,她就显露出沉稳的天性。

5岁,贪玩的她跑到窨井附近玩,一不小心就掉了下去。等到照看她的舅舅听到井下传来一阵一阵扑通扑通的声音,跑到窨井边,才看到她正一个人使劲地往上爬。

13岁,她和同学们被老师集合在一起,大家站成一排,扛一根木棍,木棍头上拴块砖头。同学们一会儿就支持不住,把木棍放下来了,她还一直稳稳地扛着,要不是老师跟她说可以了,她还要扛下去。因为她的耐力和稳定,她被当天到学校选材的县射击队教练看中了。

后来,她就进了省队、国家队。

再后来,她获得了 2002 年世锦赛第一名,并在釜山亚运会上获得 3 枚金牌。2003 年,她又获得世界杯冠军,并且打破了女子气步枪世界纪录,成为世界纪录保持者。

2004 年,她参加雅典奥运会。预赛时,按组委会规定,在赛前要对每个选手的衣服进行检查,然后在扣子上做标记。但因为工作疏忽,检查她的裁判忘了给她做记号。比赛就要开始了,正在紧张备赛的她忽然看见一个裁判气势汹汹地站在她面前,要对她重新进行检查。她的教练在场边看到后气愤不已,因为这正是队员稳定心态、静心比赛的关键时刻,容不得一丝打扰。但她只是微微一笑,让裁判进行了第二次检查。预赛开始后,她又两次把枪架碰倒,让场边的教练再次倒吸了几口冷气。但她很利索地两次将架子扶了起来,重新安上后开始比赛。

决赛中,她最强的对手——俄罗斯的加尔金娜一路领先,她则紧追不舍。细心的她发现加尔金娜心理稳定,节奏感也非常出色,而自己是出了名的快枪手。于是,她改变了战术,和对手拼起了节奏和稳定,基本都是在加尔金娜出手后再出手,最后一枪更是在对方失误后再稳稳地一扣,打出了 10.6 环,而加尔金娜才打了 9.7 环。最终,她以总成绩多出 0.5 环的优势战胜加尔金娜,夺得了金牌,也成为中国代表团参加雅典奥运会的首金获得者。一夜之间,她的名字传遍了世界的每一个角落。

她就是来自山东淄博的"美女射手"——杜丽。后来,有记者问到她赛场意外及其心理准备时,她笑了,说:"遇到干扰或挫折我都是保持一种比较积极的心态。像我的枪架倒了,第一次碰倒时,我心里有点怵;第二次碰倒后,我就想也许老天的意思是要我休息一下,我就不觉得这是不利情况。其实我自始至终都是想着战胜自己,没有去想别人怎么样。始终都是在提醒自己,只要战胜了自己,就战胜了所有的人。"

不错,战胜了自己就是战胜了所有的人。而战胜自己,就需要拥有一分平稳的处变不惊的心态,就像杜丽,遇到挫折和不顺时,别人可能心慌,她却看做是一次休息的机会,给心跳一个缓冲的时间,让自己的精神加满油,用更好的状态去面对挑战。也许,挫折或意外有时候真的就是老天爷特意留给你调整心态的机会。

## 情商点拨

人生的道路上难免有风吹浪打,磕磕碰碰,关键要看我们的心态和如何应对。我们不可能控制整个世界,但我们可以最大限度地修炼自己的内心,使自己拥有一个积极平静的心境。

何川

## 心中的野狼 （加拿大）比昂卡·卡亚

陛下,我已经得到了最好的回报。这只野狼已经成了我的朋友,我们彼此友好,不再是敌人。

在一个很远的地方,有一年冬天,天气非常寒冷。人们去向国王诉苦,说有一群凶残的野狼袭击了他们的牲畜和家禽。国王马上召集卫队中最优秀的武士,命令他们去消灭这群凶残的野狼。国王说:"等明年春天你们回来的时候,我将邀请你们中功劳最大的那个人和我共进晚餐。"

武士们听了都跃跃欲试，他们都想成为那个唯一受到邀请的人。不顾冰雪和严寒，他们争先恐后地出发了。他们在森林和原野中追寻野狼的踪迹……转眼就到了第二年春天。

第一名武士先回来了。他满身伤痕，一只胳膊用绷带吊在胸前，一条腿也断了，拄着拐杖。他对国王说："陛下，我的功劳应该是最大的。我徒手和狼群搏斗，虽然没能全部消灭它们，但也消灭了许多只野狼。您看，在搏斗中，我的右臂和右腿都负伤了。"

正在国王为这名武士欷歔不已时，第二名武士出现了。他的肩上扛着一具野狼的尸体。他对国王说："陛下，我把狼群中领头的那只野狼带回来了。擒贼先擒王，我一箭就射中了它。其他的野狼不战自溃，四散奔逃。我的功劳应该是最大的。"

国王说："祝贺你，勇士。"这时他看到又一位武士回来了。武士身边跟着一只安静的野狼。国王问他："你做了什么呢？"

那名武士回答说："陛下，当我的同伴在追杀野狼时，我所想的是，只要还有一只野狼没被杀死，它就会重新回来祸害附近的村庄。所以我就花时间在远处观察野狼，结果我发现与其说它们很凶残，倒不如说它们很饥饿。这个冬天异常寒冷，野狼的食物变得非常稀少。他们之所以在陛下的土地上四处游荡，伤害家畜，是因为它们实在找不到别的可吃的东西。所以我就每天给野狼带去一些食物，逐渐把它们引离陛下的土地。我把它们引到了一个山谷里，那里的气候相对温暖，食物也多一些。那里还有一条没有结冰的小河，可以给野狼提供饮水……我想它们不会再到陛下的土地上来了。"

国王又问："你脚边趴着的这只野狼是怎么回事？"

武士回答说："它救了我一命。在高山上的时候，我不幸遇上了黑熊。多亏有这只勇敢的野狼从旁相助，我才得以脱身。"

国王因此认定最后这名武士的功劳是最大的，邀请他晚上来赴宴。但是这名武士却拒绝了。他解释说："陛下，我已经得到了最好的回报。这只野狼已经成了我的朋友，我们彼此友好，不再是敌人。我今后会仔细照料它，而不是试图依靠武力去强迫它、征服它。而它也尊重我，视我为伙伴。"

有时外在的威胁是虚幻的，它们只是我们自己内心深处恐惧的反映和表现。在我们的内心深处也同样生活着野狼，我们除了去杀戮，还可以选择倾听和驯服，把我们心中的野狼变成一个伙伴。这是一个比争斗更加光明的选择，它获得的是双方的和谐与友爱。

**情商点拨**

　　武力是不能够解决问题的，它只会让我们的朋友变成敌人，让我们与敌人的矛盾更尖锐。出现了问题，大度地选择倾听与理解，这样不仅能使我们"心中的狼"变成我们的伙伴，还能很好地达到我们的目的。因为只有和谐与友爱，才能够得到永恒的幸福。

何川

# 做你不喜欢的事　　(美)杰克·霍吉

　　我，这个最不可能坚持下去的懒虫，究竟是如何转变成今天的长跑爱好者的呢？

　　我是一位长跑爱好者，每天早上我都会做 5 公里慢跑。不论严寒酷暑，刮风下雨，我的晨跑总是坚持着。其实开始时，情况并不如此。

　　我曾经十分厌恶早起,每天早晨我都赖在被窝里为早起作着激烈的思想斗争。我总是使出吃奶的劲头,才勉强把自己从被窝里拽出来。真的,你也许会有同感,早上在床上的每一分钟都是如此让人珍惜,很多次我都又迷迷糊糊地打上几个盹儿。我也同样不喜欢跑步,尤其是长跑,我觉得它又艰苦又乏味,还会让人腰酸背痛。因此,一大早起床跑步,对我来说无异于天方夜谭。那么,我,这个最不可能坚持下去的懒虫,究竟是如何转变成今天的长跑爱好者的呢?

　　答案需要追溯到我的祖父那番改变了我一生的那段教诲。祖父告诉我说,为了成为一位"行动者",一定要做到自律。他解释道,不论我做什么,也不论我多么努力,如果我不能做到掌握自己,那么,将永远不能发挥出自己最大的潜力——这便是祖父的"梦想者"与"行动者"学说的核心思想,即:克己自制。

　　祖父引用他最喜欢的名人马克·吐温的一句话,来解释如何做到克己自制:"关键在于每天去做一点自己心里并不愿意做的事情,这样,你便不会为那些真正需要你完成的义务而感到痛苦,这就是养成自觉习惯的黄金定律。"祖父把这叫做"磨炼法则",并鼓励我说,我只要能够坚持一个月,我一定能把自己改造成行动者。我听从了祖父的建议,并选定了晨跑这件对身体有好处但对我来说是那么艰苦的差事,开始亲身实践祖父的"磨炼法则"。

　　这可真是名副其实的苦差事呀。虽然我知道长跑益处多多,但我仍然讨厌它。我的身体状况很差劲,从家门口到40(约36.6米)码开外的信箱,往返一趟就让我气喘吁吁了。我确实是需要某种有助于提高心肺功能的运动,可我一点也不愿意选择长跑。于是,长跑便成了一件不折不扣的,我每天都必须做的不感兴趣的事情。

　　我的转变非常缓慢。每天的早起,却只能得到腰酸背痛的奖励,我有时会感到无比的畏惧。我也总是跑不了几步便气喘吁吁,上气不接下气。这样下去,估计"磨炼法则"对我很难生效了,我的克己自制的目标也渺茫了起来。但唯一让我牢记心中的是,我必须强迫自己坚持一个月!我做到了,一些意想不到的事情也就开始发生了。

随着身体状况的慢慢变好,跑步逐渐变得轻松起来,起床也变得不再那么艰难了。月底的时候,跑步这份苦差事似乎不再那么恐怖了,尽管早起仍然有点儿困难,有点儿费劲,但似乎可以克服。一切都变得越来越容易,越来越自然,直到我竟然不自觉地渴望晨跑!这时,我才开始真正感觉到,原来清晨长跑是一种享受。

让我们看看究竟发生了什么:我只不过是每天早上都爬起来去跑步罢了。然而,清晨长跑竟成了我的一个习惯,成了我日常行为的一个部分,我也不用强迫自己了,每天的晨跑成为自然而然的习惯。

"磨炼法则"对于培养克己自制的品质至关重要,克己自制则是充分发挥潜能的关键所在。

**情商点拨**

每个人都会期盼着去做自己喜欢的事情,而对不喜欢的避而远之。特别是有很多对我们有好处,而我们却不感兴趣的,如晨跑,开始都是不舍得离开温暖的被窝的,到后来为什么会有那么多人感兴趣了呢?答案就是"克己自律"。只要你坚持一个月,就会让你从厌恶到渴望,再坚持下去就成为你生活中自然而然的习惯了。克己自律,你想做的每件事情都能做得到。

何川

# 因纽特人捕狼

王 悦

> 在北极寒冷的夜晚里，狼完全不知道它正在舔食的其实是自己的鲜血。

因纽特人捕猎狼的办法很特别，也很有效。严冬季节，他们在锋利的刀刃上涂上一层新鲜的动物血。等血冻住后，他们再往上涂第二层血。再让血冻住，然后再涂……如此反复，很快刀刃就被冻血坨藏得严严实实了。

下一步，因纽特人把血包裹住的尖刀反插在地上，刀把结实地扎在地里，刀尖朝上。当狼顺着血腥味找到这样的尖刀时，它们会兴奋地舔食刀上新鲜的冻血。融化的血液散发出强烈的气味。在血腥味的刺激下，它们会越舔越快，越舔越用力。狼这时已经嗜血如狂，它们猛舔刀锋，根本感觉不到舌头被刀锋划开的疼痛。

在北极寒冷的夜晚里，狼完全不知道它正在舔食的其实是自己的鲜血。它只是变得更加贪婪，舌头抽动得更快，血流得也更多，直到最后精疲力竭地倒在雪地上。

令人失去理智的，是外界的诱惑；而最终耗尽一个人精力的，却往往是他自己的贪欲。

何川

　　大千世界的诱惑很多,这种诱惑让人们难以自制,可怕的贪欲更使人们沉浸在诱惑中不能自拔。于是,人们就在诱惑和贪欲中失去了理性,被人利用或者自己堕落下去,成为贪欲的陪葬品。在诱惑面前,在自己变得贪婪之前,我们要学会克制自己,这样就不至于掉落深渊。